너의 이름은。

your name.

일러두기

본문 속 주석은 옮긴이가 표기한 것입니다.
본문의 등장인물 이름, 지역명, 일부 용어는 애니메이션의 것을 따랐으며,
방언도 이에 따라 표준어로 번역하였습니다. 참고 부탁드립니다.

너의 이름은。

your name.

신카이 마코토 지음 · 박미정 옮김

대원씨아이

○ 차례 ○

○ 제 1 장

꿈。

그리운 목소리와 냄새, 사랑스러운 빛과 온도.

나는 소중한 누군가와 찰싹 달라붙어 있다. 떨어질 수 없게 묶여 있다. 젖무덤에 안긴 젖먹이처럼, 불안이나 쓸쓸함은 티끌만큼도 없다. 아직 잃어버린 것도 하나 없고, 무척 달콤한 기분만이 온몸에 가득 퍼진다.

문득 눈을 뜬다.

천장.

방, 아침.

나 혼자.

도쿄.

―그렇구나.

꿈을 꿨구나. 나는 침대에서 몸을 일으킨다.

고작 2초도 안 지났는데 조금 전까지만 해도 나를 감싸고 있던 따뜻한 일체감은 사라지고 없다.

자취도 없이, 여운도 없이. 너무나 느닷없어서 아무 생각도 할 겨를 없이, 눈물이 흐른다.

아침, 눈을 뜨면 웬일인지 울고 있다. 나에게는 가끔 이런 날이 있다.

그리고, 눈을 뜨면 무슨 꿈이었는지 전혀 기억나지 않는다.

나는 눈물을 훔친 오른손을 가만히 들여다본다. 집게손가락에 묻은 작은 물방울. 조금 전까지 꾸던 꿈도, 순식간에 눈꼬리를 적신 눈물도 사라진 뒤다.

무척 소중한 것이, 옛날에.

이 손에.

—모르겠다.

나는 단념하고 침대에서 내려와 방을 나와 욕실로 향한다. 세수를 하면서 예전에 이 물의 미지근함과 맛에 놀란 적이 있었던 것 같아서 거울을 빤히 들여다본다.

어딘지 불만에 가득 찬 얼굴이 나를 바라보고 있다.

나는 거울을 보면서 머리를 묶는다. 봄 정장에 팔을 끼운다.

나는 겨우 익숙해진 넥타이를 매고 양복을 입는다.

나는 연립주택의 문을 열고,

나는 아파트의 문을 닫는다. 눈앞에는,

겨우 익숙해진 도쿄의 풍경이 눈앞에 펼쳐진다. 예전에 수많은 산봉우리 이름을 자연스럽게 외웠듯이, 지금은 몇 개의 고층 빌딩 이름을 말할 수 있게 되었다.

나는 혼잡한 역의 개찰구를 지나, 에스컬레이터를 내려가,

통근 전철에 나는 몸을 싣는다. 문에 기대 차창 밖으로 흘러가는 풍경을 바라본다. 빌딩 창문에도, 차에도, 육교에도, 거리는 사람들로 넘쳐난다.

벚꽃이 필 이 무렵의 흐린 하늘. 백 명이 타고 있는 전철 한 칸. 천 명을 실어 나르는 열차, 그렇게 천 개의 선로가 뻗어 있는 도시.

정신을 차리면 언제나처럼, 그 도시를 바라보며

*나*는,
누군가 한 사람을, 한 사람만을 찾고 있다.
나는,

○ 제2장

단서

낯선 벨 소리다.

잠결에 그런 생각이 들었다. 알람인가? 하지만 아직 졸리다. 어젯밤에는 그림 그리는 데 푹 빠져서 새벽에야 잠자리에 들었다.

"……키. ……타키."

이번에는 누군가가 내 이름을 부른다. 여자 목소리다. ……여자?

"타키, 타키."

금방이라도 울음을 터뜨릴 것만 같은 애절한 목소리다. 아스라한 별의 반짝임처럼 쓸쓸하면서도 떨리는 목소리.

"나, 기억 안 나니?"

목소리가 불안한 듯 내게 묻는다. 하지만 나는 네가 누군지 몰라.

갑자기 전철이 멈추고, 문이 열린다. 그렇다. 전철에 타고 있었다. 그것을 깨닫는 순간 나는 만원 전철 속에 서 있다. 동그란 눈동사가 나를 보고 있다. 나를 똑바로 쳐다보는 소녀. 교복을 입은 소녀의 모습이 하차하는 승객에 떠밀려 멀어져간다.

"내 이름은, 미츠하!"

소녀는 그렇게 외치고는 머리칼을 묶고 있던 끈을 스르륵 풀어 나에게 내민다. 나는 얼떨결에 손을 뻗는다. 어두컴컴한 전철에 얇게 비쳐든, 저녁놀 같은 선명한 오렌지색. 인파 속에 몸을 파묻고 나는 그 색을 꼭 움켜쥔다.

그 순간 눈을 떴다.

소녀의 목소리. 그 울림이 희미하게 고막에 남아 있다.

……이름은, 미츠하?

처음 들어본 이름에 처음 보는 여자애다. 그런데 그 아이, 무척이나 필사적이었다. 금방이라도 주르륵 흐를 것만 같이 눈물이 그렁그렁 맺힌 눈동자, 처음 보는 교복, 마치 우주의 운명을 쥐고 있기라도 한 듯 진지하고 심각한 표정.

그래봤자 꿈일 뿐이다. 의미 따위는 없다. 생각해보면 어떤 얼굴이었는지조차 기억나지 않는다. 고막에 남아 있던 울림도 이미 사라진 뒤다.

그래도.

그래도 내 심장은 아직 미묘하게 고동치고 있다. 가슴이 묘하게 무겁다. 온몸이 땀에 흠뻑 젖었다. 나는 우선 숨을 깊이 들이마셨다.

후우.

'……?'

감기인가? 코와 목에 위화감이 들었다. 공기가 지나다니는 길이 평소와 달리 무척 좁은 느낌이다. 가슴이, 묘하게 무겁다. 뭐랄까, 물리적으로 무거운 느낌이다. 내 몸을 내려다보았다. 거기에는 가슴골이 있었다.

거기에는 가슴골이 있었다.

'……?'

부풀어 오른 가슴 언저리에 아침 햇살이 반사되어 매끄러운 피부가 새하얗게 빛나고 있다. 두 개의 가슴 사이에는 푸르고 깊은 그림자가 호수처럼 고여 있다.

만져볼까.

문득 그런 생각이 들었다. 사과가 땅에 떨어지듯, 거의 보편적이고 자동으로 그런 생각이 들었다.

…………….

………….

………?

……!

나는 감동하고 말았다. 오, 대체 뭐지, 이건. 진지하게 계속 가슴을 주물렀다. 뭐랄까. 여자의 몸이란 정말 대단하구나.

"……언니, 뭐하는 거야?"

목소리가 들리는 방향으로 고개를 돌리자 어린 여자아이가 맹장지문을 연 채 서 있었다. 나는 가슴을 주무르던 손을 멈추지 않고 꼬맹이에게 솔직하게 털어놓았다.

"아니, 엄청 리얼하다 싶어서. 어라?"

다시 여자아이에게 시선을 돌렸다. 열 살이나 먹었을까. 머리를 양 갈래로 묶었고 눈은 살짝 처졌다. 표정이 건방져 보이는 꼬맹이다.

"……언니?"

나는 나를 가리키며 그 아이에게 물었다. 아니, 그보다 이 꼬마가 내 여동생? 꼬맹이는 기가 차다는 표정으로 쏘아붙였다.

"아침부터 무슨 잠꼬대야? 밥, 먹, 어! 빨랑 일어나!"

꼬맹이는 문짝이 부서져라 맹장지문을 쾅 닫았다. 거침없는 아이라고 생각하면서 이부자리에서 일어났다. 그러고 보니 배도 고프다. 문득 구석에 있는 거울이 눈에 들어왔다. 다다미 위를 몇 걸음 걸어 거울 앞에 섰다. 헐렁한 잠옷을 어깨에서부터 벗었다. 잠옷은 순식간에 훌렁 벗겨지며 바닥으로 떨어졌다. 나는 알몸이 되었다. 거울에 비친 몸을 가만히 바라보았다.

군데군데 삐죽 튀어나온 검고 긴 머리가 마치 물결치는 듯했다. 작고 동그란 얼굴. 호기심 가득한 커다란 눈동자. 어딘지 재미있게 생긴 입술. 가는 목과 깊은 빗장뼈. 건강해 보이는 불룩한 가슴. 슬며시 드리워진 갈비뼈의 음영. 그곳에서 이어지는 부드러운 허리 곡선.

아직 직접 본 적은 없지만, 이것은 틀림없는 여자의 몸이다.

……여자?

내가, 여자라고?

갑자기 그때까지 부옇게 몸을 뒤덮고 있던 잠이 순식간에 확 달아났다. 머릿속이 단숨에 말끔해지며, 갑자기 혼란스러웠다.

그리고 나는 그만 소리를 지르고 말았다.

ㅇㅇㅇㅇㅇㅇㅇㅇㅇㅇㅇㅇ

"언니, 늦었잖아!"

미닫이를 열고 마루로 들어가자, 요츠하의 날카로운 목소리가 날아들었다.

"내일 아침은 내가 만들게!"

나는 미안하다는 말 대신 이렇게 말했다. 이 아이는 아직 젖니도 남아 있는 꼬마 주제에 언니보다 자기가 더 야무지다고 믿는 구석이 있다. 사과 따위를 해서 약한 모습을 보이면 안 된다고 생각하면서, 나는 힘차게 밥통을 열고 밥알이 반짝반짝 빛나는 쌀밥을 내 밥그릇에 퍼 담았다. 아, 너무 많이 담았나? 뭐, 아무러면 어때.

"잘 먹겠습니다!"

윤이 반질반질하게 나는 달걀말이에 소스를 듬뿍 뿌려서 밥과 함께 입에 넣었다. 우와, 맛있다. 행복해. 어라? 그런데 아까부터 관자놀이 쪽에 따가운 시선이 느껴지는데?

"……오늘은 정상이구나."

"네?"

고개를 들어보니, 할머니가 밥알을 씹는 나를 물끄러미 지켜보고 있었다.

"어제는 진짜 이상했어!"

요츠하도 나를 보며 히죽히죽 웃는다.

"갑자기 비명을 지르질 않나."

비명? 수상한 사람 심문하듯 바라보는 할머니의 시선. 그리고 바보 취급하는(것이나 다름없어 보이는) 요츠하의 히죽거리는 웃음.

"음? 그게 무슨 말이야? 뭐야?"

뭐야, 둘이 쌍으로. 기분 나빠.

딩동댕동.

갑자기 상인방에 설치된 스피커에서 고막이 찢어질 듯 큰 소리가 울려 퍼졌다.

『주민 여러분, 좋은 아침입니다.』

내 단짝 친구 사야의 언니(주민 센터 지역생활정보과 근무) 목소리다. 이곳 이토모리(糸守)는 인구 1,500명 남짓한 작고 초라한 마을이라 대부분 서로 아는 사람 아니면 아는 사람의 아는 사람이다.

『이토모리 주민 센터에서 알려드립니다.』

스피커 속 목소리는 이토모리, 주민 센터에서, 알려, 드립니다, 하고 중간중간 끊어가며 문장을 천천히 읽어나갔다. 마을 한가운데에는 옥외 스피커도 설치되어 있어서, 스피커에서 흘러나오는 소리는 산봉우리에 부딪쳐서 돌림노래가 된다.

매일 아침저녁으로 두 번, 온 마을에 방재 무선 방송이 울려 퍼진다. 이 마을의 모든 집에는 수신기가 설치되어 있어서, 운동회 일정이라든가, 눈 치우기 당번 연락이라든가, 어제는 누가 태어났다든가, 오늘은 누구의 장례식이라든가, 그런 마을의 대소사를 매일 꾸준히 방송으로 알려준다.

『다음 달 20일에 치러질 이토모리 마을 이장 선거에 대해 선거 관리 위원회로부터…….』

뚝.

별안간 스피커가 침묵한다. 스피커 본체에는 손이 닿지 않기 때문에 할머니가 콘센트를 뽑아버린 것이다. 여든을 넘긴 지금까지도 예스러운 기모노 차림을 고수하는 할머니가 말 한 마디 없이 분노를 드러내는 방법이다. 속 시원하다고 생각하면서 나는 리모컨을 집어 들고 으레 그렇듯이 텔레비전을 켰다.

사야의 언니 목소리가 사라진 공간을 NHK 뉴스 아나운서의 생글생글한 웃음이 대신 채운다.

『1,200년에 한 번 지구로 근접하는 혜성을 볼 수 있는 날이 드디어 한 달 앞으로 다가왔습니다. 혜성은 수일에 걸쳐 육안으로도 관측 가능할 것으로 보여, 세기의 천체 쇼를 앞두고 일본 우주 항공 연구 개발 기구, JAXA를 비롯한 전 세계 연구기관이 관측 준비를 위해 서두르고 있는데요.』

화면에는 '티아마트 혜성, 한 달 후에 육안으로도 관측 가능'이라는 문구와 함께 흐릿한 혜성의 영상이 떠 있었다. 이래저래 대화는 끊겼고, 뉴스 소리에 섞여서 우리 집 세 여자가 식사하는 소리만이 수업 중의 밀담처럼 을씨년스럽게 달그락달그락 들려온다.

"……이제 아빠랑 화해 좀 하지."

분위기 파악 못하고 요츠하가 나섰다.

"어른들 문제에 나서지 마!"

나는 톡 쏘아붙인다. 그렇다. 이것은 어른들의 문제다. 이장 선거가 대수야?

피—효로로로—하고, 어딘가에서 얼빠진 듯한 솔개 울음소리가 들렸다.

"학교 다녀오겠습니다!"

나와 요츠하는 입을 모아 할머니에게 인사하고 현관을 나섰다.

여름 산새들이 목청 높여 지저귀고 있었다.

경사면을 따라 난 좁은 아스팔트 길을 지나, 돌계단을 몇 개 내려가면, 산 그림자가 사라지고 따가운 아침 햇살이 정면으로 쏟아진다. 아래로는 둥그런 이토모리 호수가 내려다보인다. 잔잔한 호수의 수면이 아침 햇살을 반사해 여지없이 반짝반짝 빛난다.

짙은 녹색을 띠며 이어진 수많은 산봉우리, 푸른 하늘과 흰 구름, 옆에는 괜히 폴짝폴짝 뛰는 빨간 책가방을 멘 양갈래 머리 꼬맹이. 오, 마치 일본 영화의 오프닝을 보는 것만 같다. 한마디로 수십 년 전의 일본 느낌이 고스란히 살아있는 시골 '깡촌'에 우리는 살고 있다.

"미츠하!"

초등학교 앞에서 요츠하를 보내고 뒤돌아서자, 등 뒤에

서 누군가 내 이름을 불렀다. 자전거 페달을 밟고 있는, 기분이 별로 안 좋아 보이는 텟시와 자전거 짐칸에 타고서 방긋방긋 웃고 있는 사야였다.

"야, 너 빨리 내려."

텟시가 구시렁거렸다.

"좀 태워주면 어때서. 치사해!"

"엄청 무거워."

"숙녀에게 그런 말이 어딨어!"

두 사람은 마치 부부 만담을 하듯 아침부터 티격태격한다.

"너희 진짜 사이 좋다."

"아니거든!"

둘이 입을 모아 정색했다. 그런 두 사람의 모습이 우스워서 나는 후후 하고 웃음을 터트렸다. 내 머릿속 배경 음악은 어느새 경쾌한 기타 솔로 연주로 바뀌었다. 우리 셋은 10년이 넘은 단짝 친구다. 몸집이 작고 일자로 자른 앞머리에 뒷머리를 땋아 내린 사야와 키는 훤칠하지만 까까머리가 촌스러운 텟시. 둘은 서로 못 잡아먹어 안달인 것 같지만, 대화의 템포가 딱딱 들어맞아서 사실 무척 어울리는 커플이라고 나는 내심 생각한다.

"미츠하, 오늘은 머리 잘 묶었네?"

자전거에서 내린 사야가 내 머리끈 언저리를 만지면서 히죽히죽 웃었다. 내 머리 모양은 여느 때와 다름없다. 좌우로 각각 세 갈래로 땋은 후 둥글게 말아서 머리 가운데로 모아 끈으로 묶는다. 아주 오래전에 엄마가 가르쳐준 방법이다.

"뭐, 머리? 무슨 소리야?"

그러고 보니 아침 먹을 때 얼렁뚱땅 넘어간 대화가 떠올랐다. 오늘은 단정하다니, 그럼 어제는 이상했단 소리야? 어제의 일을 떠올리려고 하는데 텟시가 걱정스러운 표정으로 얼굴을 쑥 들이밀었다.

"할머니가 액막이는 제대로 해줬어?"

"액막이?"

"너 분명 여우에 홀린 거였어!"

"뭐?"

자신만만한 표정으로 말하는 텟시를 보며 나는 고개를 갸웃거렸다.

사야가 기가 차다는 듯 말했다.

"너는 뭐든 그렇게 오컬트랑 연결 짓더라! 미츠하는 그저 스트레스가 많아서 그래. 그치?"

스트레스?

"저, 저기, 지금 무슨 소리야?"

왜 이렇게 모두들 하나같이 내 걱정을 하는 거지? 어제는…… 얼른 생각나진 않지만, 분명 평범한 하루였을 텐데.

'어라?'

정말, 그랬나? 어제, 나는…….

『……그리고 무엇보다도!』

그때 확성기에서 굵은 목소리가 울려 퍼지는 바람에 내 의문이 단숨에 지워졌다.

비닐하우스가 죽 늘어선 밭 건너편, 마을에서 운영하는 쓸데없이 넓은 주차장 부지에 십여 명쯤 되는 사람들이 무리 지어 모여 있었다.

그 가운데에서 마이크를 손에 쥐고 서 있는 사람, 유난히 키가 크고 위풍당당한 그 사람이 바로 내 아버지다. 양복 차림을 한 아버지가 상반신에 어깨띠를 두르고 있다. 그곳에는 자랑스럽다는 듯 '현직 미야미즈 토시키'라고 쓰여 있다. 이장 선거 유세 중인 것이다.

『무엇보다도 마을의 재생 사업을 지속하고 이를 위해 면의 재정을 건전화해야 합니다! 이것이 실현되어야만 비로소 안전하고 안심할 수 있는 마을을 만들 수 있습니다. 저는 현직 이장으로서 지금까지 추진해온 마을 활성화를 완수하고자 합니다. 더욱 갈고닦고자 합니다! 그리고 새로운 열정으로 이 마을을 이끌어 어린아이부터 어르신들까지 누구나 안심하고 생기 넘치게 활약할 수 있는 지역 사회를 실현하고자 합니다! 그것이 저의 사명이라고 결의를 새로이 다지는 바입니다…….』

고압적이면서도 유들유들한 연설이 마치 텔레비전에 나오는 정치가의 연설 같아서 밭으로 둘러싸인 주차장과는 전혀 안 어울린다. 나는 순간 기운이 빠지는 듯한 기분이 들었다.

"어차피 이번에도 미야미즈 이장이 또 당선되겠지?"

"엄청 퍼주고 다닌다잖아요."

청중에게서 들려오는 수군거리는 목소리가 내 마음에 더욱 짙은 그늘을 드리웠다.

"야, 미야미즈."

"……안녕."

이런, 최악이다. 평소에 껄끄러운 반 친구 삼총사가 말을 걸었다. 이 아이들은 내가 다니는 고등학교에서도 화려한 멋쟁이에 속하는 부류로 수수한 쪽에 가까운 우리에게 걸핏하면 뾰족하게 심술을 부린다.

"이장과 건설업자는……."

한 명이 말을 꺼내더니, 꾸민 듯한 동작으로, 연설 중인 아버지 쪽으로 시선을 돌렸다. 아버지 옆에는 텟시의 아버지가 얼굴에 웃음을 가득 띠고 서 있었다. 텟시의 아버지는 자신이 운영하는 건설 회사 재킷을 입고, 팔에는 '미야미즈 토시키 응원단'이라고 쓰인 완장을 두르고 있었다. 그 아이는 다시 시선을 돌려 나를 한 번 쳐다보고 이어서 텟시에게 시선을 주고는 이렇게 덧붙였다.

"자식들끼리도 친하다니까. 얘네들, 아빠들이 그래서 저렇게 함께 다니는 건가?"

바보 같은 소리. 나는 대꾸하지 않고 그 자리를 뜨기 위해 발걸음을 재촉했다. 텟시도 무표정이다. 사야만 곤란한 표정이었다.

"미츠하!"

별안간 호령 소리가 울려 퍼졌다. 헉 하고 숨이 멎을 것만 같았다. 말도 안 돼. 연설 중이던 아버지가 마이크를 내려놓고 나를 향해 크게 소리를 질렀다. 그 바람에 청중의 시선도 일제히 나를 향했다.

"미츠하, 어깨 펴고 당당히 걸어!"

얼굴이 빨갛게 달아올랐다. 너무 어이가 없어서 눈물이 그렁그렁 맺혔다.

뛰어가버리고 싶은 것을 간신히 참으며 겅중겅중 큰 걸음으로 그 자리에서 멀어졌다.

"자식한테도 엄하네."

"보통 이장이 아냐."

청중들이 수군거리는 소리가 들렸다.

"와, 창피하겠다."

"좀 불쌍해지려고 해."

삼총사의 비웃는 소리도 들렸다.

최악이야.

아까까지만 해도 머릿속 가득 울려 퍼지던 배경 음악이 어느새 멈춰버렸다. 배경 음악 없는 이 마을은, 그저 숨이 막히는 곳일 뿐이다.

유키 선생님이 탁탁 소리를 내며 칠판에 고전 시가 비슷한 것을 써내려갔다.

저 사람이 누구냐고 내게 묻지 마오 구월의 이슬에 몸 적시며 임을 기다리는 나에게

誰そ彼と　われをな問ひそ　九月の　露に濡れつつ　君待つわれそ

"처음에 나오는 '타소카레(誰そ彼)'라는 표현, 이게 '타소가레도키(黄昏時)'*라는 말의 어원이야. '타소가레도키'라는 말은 모두 알지?"

유키 선생님은 낭랑한 목소리로 말한 후 칠판에 크게 '타소카레(誰そ彼)'라고 적었다.

"저녁. 낮도 밤도 아닌 시간. 사람의 윤곽이 흐려져서 그가 누구인지 알 수 없게 되는 시간. 사람이 아닌 것과 마주칠지도 모르는 시간. 마물이나 사자(死者)와 맞닥뜨리는 시간이라서 '오우마가도키(逢魔が時)'라는 말도 있는데, 조금 더 옛날에는 '카레타소도키(彼誰そ時)'나 '카와타레도키(彼は誰時)'라고도 했다고 해."

유키 선생님이 이번에는 '카레타소(彼誰そ)', '카와타레(彼

* 황혼 때, (땅거미가 질) 저물녘, (인생의) 황혼기를 뜻한다.

は誰)'라고 칠판에 적는다.

저건 뭐야. 말장난인가?

"선생님! 질문! 황혼을 나타내는 말에서 '카타와레도키'는 아닌가요?"

누군가가 물었다. 맞아 하고 나도 생각했다. '타소가레도키'라는 말은 물론 알지만, 아이 때부터 황혼 무렵이나 저녁을 가리키는 표현으로 익숙하게 들어온 말은 '카타와레도키'다. 그 말을 듣고 유키 선생님이 온화한 미소를 띤다. 그건 그렇고, 이 고전문학 선생님은 이런 시골 고등학교에는 어울리지 않을 정도로 지나친 미인이다.

"그건 여기 사투리 아닐까? 이토모리의 어르신들에게는 아직 「만엽집」**의 시구가 남아 있다고 들었어."

시골 '깡촌'이잖아 하고 한 남학생이 말하자 여기저기에서 킥킥 웃음소리가 피어올랐다. 그러고 보니 우리 할머니도 가끔 어느 나라 말인지 모를 말을 쓰곤 한다. 자기를 가리켜 '와시'***라고 하질 않나. 그런 생각을 하며 노트를 넘겼는데 아무것도 쓰여 있지 않은 백지여야 할 페이지에 쓰

** 일본에서 가장 오래 된 시가(詩歌)집.
*** わし(儂). 격식을 차려 자신을 가리킬 때 쓰는 1인칭 주어. 나이 든 남자가 주로 사용한다.

인 큰 글씨가 눈에 들어왔다.

너는 누구냐?

……어?

뭐야, 이거! 주변 소리가, 별안간 나타난 낯선 글씨체의 등장에 빨려들듯 멀어졌다. 이거, 내 글씨가 아니야. 노트를 다른 사람한테 빌려주진 않았을 텐데. 너는 누구냐니, 무슨 소리지?

"……미즈. 다음엔, 미야미즈!"

"아, 네!"

나는 당황해서 벌떡 일어났다.

"98쪽부터 읽으렴."

유키 선생님이 그렇게 말하더니 내 얼굴을 보면서 재미있다는 표정으로 덧붙였다.

"미야미즈, 오늘은 자기 이름 잘 기억하고 있네?"

그러자 반 아이들이 와르르 웃는다. 뭐라고? 뭐야, 이건. 대체 무슨 상황이야?

"……생각 안 나니?"

"으, 응."

"정말로?"

"그렇다니까."

그렇게 대답하고 바나나 주스를 쭉 빨아들였다. 꿀꺽. 아, 맛있어. 사야는 신기한 생명체라도 보는 눈빛으로 나를 바라보고 있었다.

"……그게, 너, 어제는 네 책상도, 사물함도 기억 안 난댔잖아. 머리는 자고 일어난 그대로 산발을 해서는 묶지도 않고, 교복 리본도 풀어 헤쳐져 있었어. 하여튼 뭔가 계속 좀 이상했어."

나는 그 모습을 상상해본다. ……뭐?

"뭐? 말도 안 돼. 진짜로?"

"뭐랄까, 어제 미츠하는 마치 기억상실증에 걸린 것 같았지."

나는 서둘러 기억을 더듬는다. ……역시 이상해. 어제 일이 떠오르질 않아. 아니, 드문드문 생각나는 것도 있긴 하다.

그건…… 어딘지 모르는 도시?

거울에 비친…… 남자아이?

나는 어떻게든 기억을 더듬으려 한다. 피—효로로로. 그 상황을 얼버무리려는 듯 솔개가 운다. 점심시간. 우리는 교정 구석에서 종이팩에 담긴 주스를 들고 잡담을 나누고 있다.

"음…… 계속 이상한 꿈속에 있는 것 같긴 했어. 그건 다른 사람의 삶을 사는 것 같은 꿈? ……음, 잘 기억도 안 나."

"……알았다!"

텟시가 갑자기 큰 소리를 내는 바람에 나는 화들짝 놀랐다. 텟시는 읽고 있던 오컬트 잡지 「무」를 우리 코앞에 들이대고는 침을 튀기며 말했다.

"그건 전생에 대한 기억이야! 이렇게 말하면 분명 너희는 비과학적이라고 얘기하겠지, 그렇지? 그러면 표현을 바꿔서, 에버렛의 다중우주론에 근거한 멀티버스에 무의식이 접속했다는 설명은……."

"넌 좀 가만히 있어."

사야가 톡 쏘아붙였다.

"아, 혹시 텟시, 네가 내 공책에 낙서했어?"

나도 텟시를 향해 외쳤다.

"뭐? 낙서?"

아, 아니다. 텟시는 그런 시답잖은 장난을 할 타입이 아니다. 그리고 그럴 이유도 없다.

"아, 아니야. 아무것도 아니야."

나는 고개를 가로저었다.

"뭐? 낙서라는 게 뭐야. 설마 나를 의심하는 거야?"

"아무것도 아니래도."

"와, 너무하다, 미츠하! 사야, 들었어? 누명이야, 누명! 검찰 불러줘, 검찰. 아니, 이럴 때 부르는 건 변호사인가? 야, 이럴 때 어떻게 해야 하는 거더라?"

"어쨌든 미츠하, 어제는 너 정말 좀 이상했어."

텟시의 울부짖음을 깡그리 무시한 채 사야가 말했다.

"혹시 어디 몸이라도 안 좋은 거 아니야?"

"음, 이상하네. 정말 스트레스가 쌓여서 그런가."

나도 다시금, 지금까지 들은 수많은 증언을 곱씹어보았다. 텟시로 말할 것 같으면, 그새 아무 일도 없었다는 듯 다시금 오컬트 잡지에 푹 빠져들었다. 이렇게 질질 끌지 않는 점이 그의 매력이다.

"맞아. 분명 스트레스 때문일 거야! 미츠하, 요즘 이런저런 일 많았잖아!"

그렇다. 이장 선거는 말할 것도 없고, 드디어 오늘 밤에는 그 의식을 치러야 한다! 이 코딱지만 한 동네에서 왜 하필 내 아버지는 이장이고, 내 할머니는 신사의 신관인 길까. 나는 양 무릎에 얼굴을 파묻고 길게 한숨을 내쉬었다.

"아, 진짜. 나 빨리 졸업해서 도쿄에 가고 싶어. 이 마을은 너무 작아서 서로 너무 가깝잖아!"

알지, 그 마음. 알아도 너무 잘 알아! 라는 듯 사야도 고개를 끄덕거려준다.

"우리 집은 엄마 때부터 언니까지 3대째 주민 센터 방송 담당이잖아. 이웃집 할머니들은 꼬맹이 때부터 계속 나를 '방송 아가'라고 부른다니까! 근데 또 나는 방송부원이고! 이젠 나도 내가 무슨 일을 하고 싶은지 알 수가 없어!"

"사야, 졸업하면 같이 떠나자, 도쿄로! 이런 동네에선 어른이 돼도 학교의 계급 그대로 유지될 거야! 이 인습에서 벗어나야 해! 야, 텟시, 너도 같이 갈 거지?"

"응?"

텟시는 멍하니 잡지에 파묻고 있던 고개를 들었다.

"……너, 우리 얘기 듣고 있어?"

"아……. 나는 뭐 딱히……. 계속 이 마을에서 평범하게 살지 않을까?"

후유, 나와 사야는 깊은 한숨을 내뱉는다. 이러니까 네가 여자한테 인기가 없는 거야. 뭐, 나도 남자친구를 사귀어본 적은 없지만.

살랑 불어오는 바람 끝에 시선을 던졌다. 그곳에는 너무나 무심하고 평화롭게 잔잔한 물결을 만들며 일렁이는 이토모리 호수가 있었다.

이런 동네, 서점이 있나, 치과가 있나. 전차는 두 시간에 한 번, 버스는 하루에 두 번 있고, 일기예보는 대상 지역 외고 구글 지도 위성사진에는 아직도 모자이크로 표시되고. 편의점은 저녁 9시면 문을 닫으면서 채소 씨나 고급 농기구 따위는 팔고 있다.

학교 마치고 돌아가는 길, 나와 사야는 여전히 이토모리에 대한 불만 모드를 가동시키고 있었다.

맥도날드도, 모스버거도 없으면서 술집은 두 개나 있고. 일자리도 없고 시집오는 사람도 없고 일조 시간은 짧고. 구시렁구시렁. 평소에는 아무것도 없는 이 동네가 오히려 시원하고 어딘지 모르게 자랑스럽게 느껴질 때도 있지만, 오늘 나는 진심으로 절망했다.

잠자코 자전거를 끌면서 따라오던 텟시가 별안간 짜증스러운 목소리로 말했다.

“너희 제발 좀!”

“……아, 왜?”

언짢아하는 우리에게 방긋 웃으며 까닭 모를 웃음을 짓는 텟시.

“아니 우리, 카페에나 들를까?”

“응……?” “뭐…….” “뭐……!”

“““카페~?”””

나와 사야는 동시에 소리 질렀다.

딸깍! 하는 금속음이 저녁매미 울음소리에 녹아든다. 마셔, 하고 텟시가 자판기에서 꺼낸 캔 주스를 내밀었다. 밭일을 마친 할아버지가 전동스쿠터를 타고 부웅 소리를 내며 눈앞을 지나가고, 어느 떠돌이 개는 ‘나도 같이 있어주지’ 하듯 주저앉더니 하품을 쩍 한다.

텟시가 말한 카페는 그 카페가 아니었다. 그러니까 스타

벅스나 털리스****, 혹은 이 세상 어딘가에 있다는 팬케이크나 베이글이나 젤라토를 파는 꿈의 공간이 아니라, 30년은 더 된 아이스크림 광고가 붙어 있는 벤치와 자동판매기가 덩그러니 서 있는 근처의 버스 정류장이었다. 셋이서 벤치에 앉아 있는데 머지않아 떠돌이 개가 발치에 와 앉았다. 우리는 캔 주스를 홀짝이고 있다. 텟시에게 속았다는 느낌보다는 그럼 그렇지 싶은 기분이다.

"나 먼저 갈게."

오늘은 어제보다 1도 정도는 기온이 낮네. 아니, 나는 1도 정도 높다고 생각해. 캔 주스 하나를 마시는 동안 그런 쓸데없는 대화를 나눈 후에, 나는 두 사람에게 말했다.

"오늘 밤 잘해."

사야가 말했다.

"나중에 보러 가주지."

텟시가 말했다.

"안 와도 돼! 아니, 절대 오지 마!"

이렇게 못을 박으면서, 나는 둘을 향해 '사귀는 사이가 되도록 애 좀 써봐라' 하고 내심 응원했다. 돌층계를 몇 개

**** Tully's coffee. 미국 유명 커피 브랜드로 일본에는 약 630여개의 점포가 있다.

올라가 돌아보니 저녁놀로 붉게 물든 호수를 배경으로 둘이 벤치에 앉아 있는 모습이 보였다. 그 풍경에 서정적인 피아노곡을 슬며시 덧씌워본다. 그래그래, 역시 잘 어울려. 나는 지금부터 불행한 밤이 되겠지만 너희만큼은 젊음을 마음껏 누리기를…….

"으앙, 나도 그거 하고 싶어."

요츠하가 투덜거렸다.

"요츠하에겐 아직 일러."

할머니가 타일렀다.

작업실로 쓰는 4평 정도 넓이의 방 안에는 저울추가 맞부딪치는 소리가 쉼 없이 울려 퍼지고 있다. "실의 목소리를 들어보렴" 이라며, 할머니는 말을 이어가는 중에도 쉴 새 없이 손을 움직인다.

"그렇게 하면서 계속 실을 감다 보면 어느샌가 사람과 실 사이에 감정이 흐르게 된단다."

"음? 실은 말 못하잖아."

"우리가 만든 실매듭에는……."

할머니는 요츠하의 항의를 무시한 채 이어 말한다. 우리 셋은 기모노를 갖춰 입고 오늘 밤 의식에 사용할 실매듭을 만들고 있다. 실매듭이란 예로부터 전해 내려오는 전통공예로, 가는 실을 여러 가닥 겹쳐 꼬아서 한 가닥의 끈을 만드는 것이다. 완성된 실매듭에는 다양한 문양이 들어가서 다채롭고 예쁘다. 하지만 만들려면 어느 정도 기술이 필요하므로 요츠하 몫은 할머니 담당이다. 요츠하는 저울추에 실을 감는 조수 역할을 하고 있다.

"우리가 만드는 실매듭에는 말이다, 이토모리 마을, 천년의 역사가 새겨져 있단다. 사실 원래는 학교에서 이런 마을의 역사를 아이들에게 먼저 가르쳐야 하는 건데. 그럼, 잘 들으렴. 지금부터 200년 전으로 거슬러 올라가면……."

또 시작됐구나 싶어 나는 조용히 쓴웃음을 짓는다. 어릴 때부터 이 작업장에서 몇 번이고 들어온 할머니 특유의 입버릇이다.

"짚신가게 야마사키 마유고로네 목욕탕에서 불이 나서 이 주변은 전부 새까맣게 타버렸지. 신사도 고문서도 전부 타서 없어지고. 그게 바로 그 유명한……."

할머니가 나를 흘끔 바라보았다.

"마유고로의 큰 불."

주저 없이 나는 대답한다. 할머니는 "그렇지" 하며 만족스러운 표정을 짓는다.

"아니, 불 난 일에 이름까지 붙였어?"

요츠하는 놀란다. 그리고는 "마유고로 아저씨, 이런 일에 이름이 붙다니 불쌍해"라고 중얼중얼 혼잣말을 한다.

"그 일로, 우리가 꼬는 실매듭 문양이 무엇을 의미하는지, 춤은 또 어떤 의미를 담고 있는지 알 수 없게 됐지. 남은 건 형식뿐이고. 하지만 의미가 지워졌다고 형식까지 없어지게 둬서는 안 돼. 형식에 새겨진 의미는 언젠가 반드시 되살아나는 법이니까."

할머니의 말에는 옛 노래 같은 독특한 박자가 살아 있다. 나는 실매듭을 꼬면서 같은 말을 입속에서 작게 되뇐다. 형식에 새겨진 의미는 언젠가 반드시 되살아난다. 그것이 우리 미야미즈 신사의…….

"그것이 우리 미야미즈 신사의 중요한 임무지. 그런데도……."

할머니의 온화한 눈빛에 슬픔이 서린다.

"그런데도 그 바보 같은 사위는……. 중요한 신관의 임무를 버리고 집을 나간 것만으로도 모자라서, 도대체 정치가 뭐람. 정치가……."

할머니의 한숨에 묻어서 나도 작게 숨을 내뱉는다. 이 마을이 좋은 건지 싫은 건지, 어디로 멀리 떠나고 싶은 건지 아니면 계속 가족이나 친구들과 함께하고 싶은 것인지, 사실 나 자신도 잘 모른다. 선명한 색으로 엮인 실매듭을 틀에서 빼내자 달그락, 쓸쓸한 소리가 났다.

한밤중, 신사에 흐르는 피리 소리는 대도시 사람들이 들으면 약간 공포영화 같지 않을까? 무슨 마을 살인 사건이라든가, 무슨 일가족 사건이라든가, 왠지 그런 불길한 사건의 무대 같아서. 그리고 나도 「이누가미 일족」에 등장하는 스케키요든 「13일의 금요일」의 제이슨이든 뭐든 좋으니, 차라리 나를 죽여서 편하게 해줬으면 좋겠다는 무거운 마음으로 아까부터 무녀 춤을 추고 있다.

매년 이맘때 열리는 미야미즈 신사 풍양제의 주역은 불행히도 우리 자매다. 이날에는 단정하게 무녀 차림을 하고, 새빨간 연지를 입술에 바르고 머리 장식까지 올리고 신락전에 서서 청중 앞에 나와, 할머니에게서 전수받은 춤을 춘다. 마유고로의 큰 불로 의미를 알 수 없게 되었다는 춤으로, 두 사람이 짝을 이루어 춘다. 각자가 다채로운 끈이 달린 방울을 딸랑딸랑 울리면서 빙글빙글 돌고, 끈을 옆으로 길게 뻗는다. 방금 전 돌았을 때에는 텟시와 사야의 모습이 시야에 들어왔다. 저 녀석들 그렇게 말했는데도 오다니, 무녀 파워로 저주해줄 테다. 라인의 저주 스티커를 마구 날려주마. 그렇게 기분은 더 침울해졌다. 사실 이 춤이 싫은 것은 아니다. 이것은 이것대로 창피하긴 하지만, 어릴 때부터 해왔던지라 완전히 익숙해졌다. 문제는 춤이 아니라, 자랄수록 창피함이 더욱 심해지는 그 의식. 춤이 끝나면 해야만 하는 그것. 여자에 대한 모욕이라고밖에 생각할 수 없는 바로 그것.

아, 진짜.

싫―다―!

진저리를 치면서 몸을 움직이는 사이에 어느새 춤이 끝났다. 아아. 드디어.

우물우물우물.

우물.

우물우물우물우물.

나는 그저 쌀을 씹는다. 가능한 한 아무것도 생각하지 않기로 한다. 맛도, 소리도, 색도 느끼지 않으려 애쓰며 눈을 감고 그저 씹는다. 요츠하도 옆에서 나와 같은 동작을 하고 있다. 우리는 나란히 정좌를 하고 있다. 각자의 앞에는 소반이 있고 그 위에 작은 되가 놓여 있다. 그리고 물론 그 앞에는 남녀노소, 우리를 구경하는 청중이 있다.

우물우물우물.

우물우물.

아, 이제.

우물우물우물.

슬슬 뱉어야 하는데.

우물우물.

아아.

우물.

나는 포기하고 눈앞의 되를 집는다. 입 근처까지 가져와서 무녀복 소매로 입을 가린다.

그리고, 아아.

나는 입을 오므려 지금까지 씹었던 쌀을 되 안에 뱉는다.

씹은 쌀은 침과 섞여서 걸쭉하고 흰 액체가 되어 입에서 떨어진다. 웅성웅성. 청중들이 술렁인다. 으아앙. 나는 마음속으로 운다. 부탁이야, 제발 보지 말아줘.

구치카미사케다.

이 술을 신에게 바치는 것이다. 오랜 옛날에는 여러 지역에서 만들어졌다고 한다. 하지만 21세기가 된 지금도 이 술을 만드는 신사가 과연 또 있을까? 그리고 무녀복을 입고 이런 것을 하다니 너무 마니악해. 대체 누구를 위한 거야? 속으로는 투덜거리면서도 나는 또 한 움큼 쌀을 입에 집어넣는다. 그리고 또 우물우물. 요츠하도 무표정으로 나와 같은 행동을 하고 있다. 이 작은 되가 가득 찰 때까지 우리는 이것을 반복해야 한다. 걸쭉한 침과 쌀을 나는 또 뱉어낸다. 마음속으로 또 하염없이 운다.

순간 익숙한 목소리가 귀를 간질인다. 불길한 예감이 잔물결처럼 일렁인다. 나는 고개를 조금 들었다.

—아아.

나도 모르게 신사를 폭파하고 싶어진다. 역시나 그곳에는 인기 있는 무리의 아이들 세 명이 있었다. 나를 보며 히죽히죽 웃으면서, 즐겁게 떠들고 있다.

"웩, 나라면 죽어도 못 해~."

"너무 더러워어~."

"다른 사람 앞에서 창피하지도 않나."

"저래 가지고 시집이나 가겠어?"

거리상으로는 들릴 리 없는 목소리까지 또렷이 들리는 것만 같다.

졸업하면 이 마을을 떠나 멀리 가자.

나는 굳게, 또 굳게 결심한다.

"언니 기운 내. 뭐 어때서 그래, 반 친구들이 좀 본 걸 가지고. 뭐가 그렇게 충격이야?"

"아직 사춘기도 안 온 꼬맹이는 속 편해서 좋겠네!"

나는 요츠하를 노려본다. 우리는 티셔츠로 갈아입고 신사 사무소의 현관을 나온 참이었다.

풍양제가 끝난 후 우리 자매는 오늘 밤을 마무리하는 자리에 참석했다. 바로 축제를 도와준 이웃 아주머니, 아저씨와의 뒤풀이 자리다. 할머니가 주인격이고 나와 요츠하는 술을 따르거나 말상대를 하는 역할이다.

"미츠하, 올해 몇 살이야? 와, 열일곱! 그렇구나. 이렇게

어리고 예쁜 아가씨가 따라주는 술을 마시니 아저씨 젊어지겠네."

"마구마구 젊어지세요! 얼른 드시고 한 잔 더 받으세요!"

거의 자포자기 심정으로 접대를 하고 녹초가 될 만큼 피곤에 지친 후에야, 아이들은 슬슬 집에 들어가라는 말을 듣고 겨우 해방되었다. 할머니와 어른들은 아직 신사 사무소에서 술자리를 이어가고 있다.

"요츠하, 너 뒤풀이 자리에 있던 분들 평균 연령이 얼마인지 알아?"

경내의 참배로는 전등이 완전히 꺼졌고, 시원스러운 벌레 울음소리로 가득했다.

"몰라. 60 정도?"

"나, 부엌에서 계산해봤어. 78세야. 78세!"

"그렇구나."

"그리고 우리가 없어진 지금은 91세라고! 뭐랄까, 한계를 넘은 거야. 인생 최종 무대라고. 저세상에서 저분들 한꺼번에 데리러 와도 이상하지 않다고!"

"음……."

따라서 하루 빨리 이 마을에서 탈출해야 한다고 나는 말하고 싶은데, 언니의 필사적인 호소에도 불구하고 요츠하의 반응은 심드렁하다. 무슨 다른 생각을 하는 모양이었다. 어차피 꼬맹이가 이 언니의 고충을 알 턱이 있나. 나는 포기하고 하늘을 올려다보았다. 하늘 가득 반짝이는 별이 지상의 인생과는 아무런 상관도 없다는 듯이 초월적으로 빛나고 있다.

"……맞다!"

신사의 긴 석단을 나란히 내려가는데, 별안간 요츠하가 소리쳤다. 누군가 숨겨둔 케이크를 발견한 것처럼 의기양양한 표정으로 요츠하는 말했다.

"언니, 까짓 거 구치카미사케 많이 만들어서 도쿄 상경 자금을 만들어봐!"

순간 나는 말문이 막힌다.

"……넌 참, 발상도 정말 엄청나다."

"사진이나 메이킹 필름 같은 것도 찍어서 '무녀 입 술' 같은 이름 붙여서! 분명 잘 팔릴 거야!"

아홉 살짜리가 이런 세계관을 가져도 괜찮을지 걱정되면서도, 이 녀석도 자기 나름대로 언니를 걱정해주고 있었구나 하는 생각이 들자, '아, 역시 귀여운 내 동생'이란 기분이

들며 사랑스럽게 느껴졌다.

좋아, 한번 진지하게 생각해볼까. '무녀 입 술' 비즈니스.

……그런데 술은 마음대로 팔아도 되나?

"어때, 언니? 이 아이디어."

"흠……."

흠. 역시나.

"역시 안 돼! 주세법 위반이야!"

어라, 애초에 그런 문제였던가 하고 스스로 생각하면서, 어느새 나는 달리고 있었다. 온갖 사건과 감정, 미래, 의문, 절망이 뒤섞여서 가슴이 터질 것만 같다. 한 단씩 건너뛰며 계단을 달려 내려가, 층계참의 도리이***** 아래에서 급브레이크를 밟고, 한가득 밤의 냉기를 목으로 빨아들인다. 그리고 가슴속의 복잡함을 그 공기와 함께, 나는 있는 힘껏 내뱉는다.

"더는 이런 마을 싫어요! 이런 인생도 싫다고요! 다음 생에는 도쿄의 꽃미남으로 태어나게 해주세요!"

주세요, 세요, 세요, 세요…….

어둠 속 산봉우리에 부딪혀 메아리치는 나의 바람은, 눈

***** 鳥居. 전통적인 일본의 문으로 일반적으로 신사 입구에 서 있는 기둥 문을 가리킨다.

앞에 있는 이토모리 호수에 빨려 들어가듯 사라진다. 반사적으로 내뱉은 말이 너무 실없어서 내 머리도 땀과 함께 식어간다.

아, 그래도.

신이시여, 정말 계시다면.

제발—.

신이 정말 있다면, 그렇다면 무엇을 빌어야 할지 나도 알 수가 없었다.

○ 제3장

나날

모르는 벨소리다.

잠결에 든 생각이다. 알람인가? 나는 아직 졸리다. 좀만 더 자자. 눈을 감은 채 이불 옆에 둔 스마트폰을 손으로 더듬어 찾는다.

어라?

나는 손을 더 뻗는다. 시끄러워 죽겠네, 이 알람. 폰을 어디에 뒀더라…….

"—아야!"

쿵, 있는 힘껏 등이 바닥에 부딪쳤다. 아무래도 침대에서 떨어진 모양이다. 아이고, 아야. 응? 침대?

겨우 눈을 뜨고 나는 상반신을 일으켰다.

어라?

처음 보는 방이다.

그 안에 내가 있다.

나 어제 다른 데서 잤나?

"……여기는 어디지?"

중얼거리자 묘하게 목이 묵직하다는 사실을 깨달았다. 반사적으로 목에 손을 댔다. 뾰족 나온 딱딱한 부분에 손가락이 닿았다. "응?" 하고 다시 낸 목소리가 유독 낮게 들렸다. 나는 시선을 떨어뜨려 몸을 내려다보았다.

……없어.

처음 보는 티셔츠는 배까지 편편했다. 그리고 없다.

가슴이 없다.

그리고 몹시도 눈에 잘 들어오는 하반신 한가운데에 무언가가 있다. 그것은 가슴이 없다는 어색함을 뒤덮을 만큼 강렬한 존재감을 드러내고 있다.

……이건, 뭐지?

나는 살며시 그 부분에 손을 뻗었다. 온몸의 피가 그 한 지점에 쏠려 있고 피부가 팽팽하게 당겨져 있다.

……이건. ……이건 혹시 위치로 봐서…….

…………

………

…….

손이 닿았다.

자칫 나는 정신을 잃을 것만 같았다.

누구야, 이 남자?

나는 낯선 욕실 거울에 비친 낯선 얼굴을 빤히 들여다보았다.

눈썹까지 닿는 길이에 자연스러움과 정갈함을 6:4 정도로 노린 듯한 경박한 헤어스타일. 완고해 보이는 눈썹, 하지만 조금은 서글서글해 보이는 커다란 눈동자. 보습과는 인연이 없어 보이는 갈라진 입술, 단단해 보이는 목덜미. 멀끔한 한쪽 볼에는 웬일인지 커다란 반창고가 붙어 있다. 조심조심 손을 대자 둔탁한 통증이 느껴졌다.

—하지만 이렇게 아픈데도 잠이 깨질 않는다. 목이 바싹바싹 탔다. 나는 수도꼭지를 틀어서 양손에 수돗물을 받아 마셨다. 수돗물은 기분 나쁘게 미지근하고 수영장 물처럼 약냄새가 훅 끼쳤다.

"타키, 일어났냐?"

갑자기 멀리서 남자의 목소리가 들렸다.

"꺄악."

나는 작게 비명을 질렀다. 타키?

"……너, 오늘 아침밥 담당이잖아. 늦잠이나 자고 말이야."

거실로 보이는 공간을 조심조심 살펴보았다. 양복을 입은 아저씨가 나를 흘끔 보더니 시선을 식기로 돌리면서 말했다.

"죄, 죄송합니다!"

반사적으로 사과하고 만다.

"나 먼저 출근하마. 된장국 있으니까 먹어라."

"아, 네."

"지각하더라도 학교는 꼭 가라."

아저씨는 그렇게 말하면서 재빨리 식기를 겹쳐서 부엌으로 가져갔다. 그러고는 입구에 멍하니 서 있는 나를 지나치더니 현관으로 가서 구두를 신고 문을 열고 밖으로 나갔다. 솔개가 한 번 울 정도의 눈 깜짝할 새였다.

"……이상한 꿈이야."

나는 목소리를 내어 말했다. 다시 방을 둘러보았다. 벽에는 다리나 빌딩 같은 건축물의 사진이나 디자인화가 붙어 있다. 바닥에는 잡지, 종이가방, 종이상자가 마구 널려 있다. 마치 오래된 전통여관처럼 말끔한 미야미즈 집(그것은 할머니 덕분이지만)에 비하면, 뭐랄까, 무법지대 같다. 집은 꽤 좁았다. 구조로 보아 아마도 아파트인 것 같다. 출처 불명이긴 하지만 꿈치고는 꽤 현실적이라 감탄했다. 나, 상상력이 꽤 풍부했구나. 장차 미술계로 진출하면 되려나?

띠리링!

마치 내 생각을 반박이라도 하듯 복도 저편에서 착신음이 울렸다. 나는 숨을 한 번 삼키고 침대가 있던 방으로 달려갔다. 시트 옆에 스마트폰이 떨어져 있었다. 휴대전화 화면에 짧은 메시지가 떠 있었다.

혹시 아직 집이냐? 빨리 뛰어 와! 츠카사

뭐야, 이건? 츠카사가 누구야?

일단 학교에 가야겠구나.

나는 방을 둘러보았다. 창 옆에 걸린 남학생 교복이 눈에 들어왔다. 입으려고 집어 든 순간, 더욱 긴박한 상황이 찾아왔음을 깨닫는다.

아, 대체 이게 무슨 일이람!

……화장실 가고 싶어졌어…….

후유. 나는 온몸이 무너져 내릴 정도로 깊게 한숨을 쉬었다.

남자의 몸은 뭐 이렇게 생겼어?

어찌어찌 볼일은 보았지만 분노로 아직도 몸이 떨린다. 볼일을 보려고 하면 할수록, 어떻게든 손가락으로 방향을 잡으려 하면 할수록 배뇨가 힘들어지는 건 대체 왜 그런 거야? 바보인가? 천치인가? 아니면 이 남자가 이상한 건가? 으앙, 나 한 번도 본 적 없었는데! 내 입으로 말하긴 그렇지만, 그래도 이 몸은 무녀인데!

너무 치욕스러운 나머지 눈물을 글썽이면서, 아니, 사실 못 참고 눈물을 몇 방울 떨어뜨리면서 교복으로 갈아입고 아파트 문을 열었다. 일단은 밖으로 나가자 싶어 얼굴을 들었다.

—바로 그때.

나는 시선을 빼앗겼다.

눈앞에 펼쳐진 풍경에.

숨을 삼켰다.

내가 있는 곳은 아마도 고지대에 있는 아파트의 복도일 것이다.

아래에는 나무와 풀이 드넓게 펼쳐진 공원 같은 공간이 있었다. 하늘색은 얼룩 한 점 없는 선명한 세룰리안 블루였다. 그 파랑과 초록의 경계에 마치 마음에 드는 종이접기를 가지런히 늘어놓은 듯 크고 작은 빌딩이 죽 늘어서 있었다. 그 하나하나에는 미세하고 정교한 창이 그물코처럼 아로새겨져 있었다. 어떤 창은 파랑을 비추고, 또 어떤 창은 초록으로 물들어 있었다. 그리고 또 다른 창은 아침 해를 반사하고 있었다. 멀리서 작게 보이는 빨간 첨탑, 어딘지 고래를 연상시키는 둥그런 은색 빌딩, 한 장짜리 흑요석에서 잘라낸 듯 검게 빛나는 빌딩. 몇몇 건물은 유명해서 나조차도 본 기억이 있다. 멀리서 장난감 같은 자동차가 줄지어 질서정연하게 흘러갔다.

그것은 상상했던 것보다도—아니, 생각해보면 나는 진지하게 그 모습을 상상하며 그려본 적도 없었지만—텔레비전이나 영화에서 본 것보다도 훨씬 아름다운, 일본에서 가장 큰 도시의 풍경이었다. 나는 왠지 찡한 감동을 받고 중얼거렸다.

—도쿄다.

세상이 너무나 눈부셔서 마치 태양을 바라보듯 숨을 들이쉬면서 눈을 가늘게 떴다.

"있잖아, 이거 어디서 샀어?"

"레슨 받고 오는 길에 니시아자부(西麻布)에서."

"그 녀석들 다음 라이브 개막 무대에서 말이야."

"야, 오늘 동아리 땡땡이치고 영화라도?"

"오늘 밤 미팅에 대리점 직원이."

뭐, 뭐야, 이 대화는? 이 아이들이 정말 현대 일본의 고등학생이란 말이야? 다들 페이스북 댓글이라도 읽고 있나?

나는 반쯤 문에 몸을 숨기고 교실을 관찰하며 안으로 들어갈 타이밍을 노렸다. 스마트폰의 GPS까지 켜고 엄청 길을 헤맨 끝에 겨우 학교에 도착했을 때, 마침 점심시간을 알리는 종소리가 울렸다.

그건 그렇고 이 학교는 건물 벽 전면이 유리창에 노출 콘크리트로 돼 있고 알록달록한 철문에는 둥근 창이 달려 있다. 세계 박람회장인가 싶을 정도로 이상하리만치 세련됐다. 타치바나 타키라는 이름의 이 남자애는 나랑 동갑인데 이런 세계에 사는 건가? 나는 학생수첩에서 확인한 이 녀석의 이름과 증명사진의 무표정한 얼굴을 떠올린다. 뭔가 좀 열받아.

"타키!"

"윽!"

등 뒤에서 누군가가 갑자기 어깨를 감싸는 바람에 나는 외마디 비명을 질렀다. 돌아보니 안경을 낀 모습이 반장을 할 것 같은, 하지만 말쑥하고 세련된 남자애가 앞머리가 닿을 정도의 거리에서 싱긋 웃고 있었다.

꺄아, 저기, 누가 나 좀 어떻게 해줘. 태어나서 처음으로 가장 가까이 다가온 남자야!

"설마 점심시간에 올 줄이야. 밥이나 먹으러 가자."

안경잡이는 그렇게 말하더니 내 어깨를 감싸 안은 채 복도를 걷기 시작했다. 자, 잠깐. 너, 너무 붙었어!

"문자도 씹고 말야."

그는 딱히 화난 것 같지도 않은 말투로 말했다. 내 머릿속에 그제야 뭔가가 떠올랐다.

"……츠카사, 군?"

"하하. 군? 그건 반성하는 말투냐?"

뭐라고 대답해야 좋을지 몰라서 나는 일단 그의 팔에서 몸을 쓰윽 빼냈다.

"……길을 잃어?"

타카기라는 이름의 몸집이 크고 사람 좋아 보이는 남자애가 어이없다는 표정을 숨기지 않고 큰 목소리로 말했다.

"너 말이야, 어떻게 매일 다니는 통학로에서 길을 잃냐?"

"아, 그게."

나는 우물거렸다. 우리 셋은 넓은 옥상 한쪽에 둘러앉았다. 점심시간인데도 따가운 여름 햇볕 때문인지 주변에 사람이 별로 없었다.

"아, 그게. 저기, ***내***가……."

"***내***가?"

타카기와 츠카사가 의심스러운 얼굴로 마주 보았다. 아뿔싸. 지금 나는 타치바나 타키였지.

"아, 저기, 음…… 아, 타키가!"

"응?"

"저는!"

"뭐라고?"

"……**나**?"

"응."

수상쩍은 표정을 지으면서도, 두 사람은 우선 고개를 끄덕였다.

그래, '**나**'라고 하면 되는 거야!*

"**나**, 정말 재밌었어. 도쿄는 무슨 축제라도 열린 것처럼 어디를 가도 북적대더라."

"……근데 너, 언제부터 사투리 억양이 있었냐?"

타카기가 말했다.

"아악!"

사투리를 쓴다고? 나는 얼굴이 발갛게 달아올랐다.

* 원문에서는 성별이나 나이 등에 따라 다르게 사용되는 일본어 1인칭 표현인 'わたし(私, 와타시)', 'わたくし(私, 와타쿠시)', 'ぼく(僕, 보쿠)', 'おれ(俺, 오레)'로 각각 표현되었으나, 이해를 위해 일부 수정하였습니다.

"타키, 도시락은?"

츠카사가 말했다.

"으악!"

안 가져왔어!

땀을 뻘뻘 흘리며 가방을 뒤지는 나를 보며, "열이라도 있냐?" 라더니 둘은 재미있다는 듯 웃었다.

"츠카사, 너 뭐 있어?"

"달걀샌드위치. 네 크로켓 여기다 끼우자."

두 사람은 즉석에서 달걀크로켓 샌드위치를 만들어 나에게 건넸다. 감동이 물밀 듯 밀려왔다.

"고마워……."

두 사람은 말없이 활짝 웃어 보였다. 남자가 이렇게 잘생겼으면서 다정하다니! 안 돼, 미츠하. 두 사람을 동시에 좋아해선 안 되지! 아니, 뭐, 그럴 리는 없지만. 아무튼 도쿄는 역시 지나치게 굉장해!

"있잖아, 오늘 방과 후에 또 카페 안 갈래?"

그렇게 말하는 타카기의 입에 밥이 들어가는 것을 나도 모르게 뚫어져라 지켜보았다.

"그거 좋지."

그렇게 말하며 페트병에 담긴 물을 마시는 츠카사의 목이 매끄럽게 움직였다.

응, 뭐라고? 지금 어디에 간다고……?

"카페. 타키는? 갈 거지?"

"뭐!"

"카페 말이야."

"카, 카, 카페?"

두 사람의 미간 주름이 깊어지는 것도 개의치 않고, 나는 흥분을 주체하지 못해 소리쳤다. 버스 정류장 카페에 복수할 시간이다!

아이돌처럼 옷을 입은 소형견 두 마리가 등나무 의자에 오도카니 앉아 알사탕 같은 눈동자로 나를 쳐다보며 끊어질 듯 꼬리를 흔들어댔다. 테이블과 테이블의 간격이 유난히 넓다. 손님의 절반 정도가 외국인이고 무려 3분의 1이 선글라스를 끼고 있으며, 5분의 3이 모자를 쓰고 있고, 정장 차림은 한 명도 없다. 모두 직업 불명이다.

이곳은, 대체 뭐야? 나잇살 먹은 어른이 평일 대낮에 해가 중천인데 개를 데리고 카페나 오다니.

"천장에 쓴 나무, 마름질이 잘돼 있네."

"그러게. 역시 공을 들인 티가 나."

엄청나게 세련된 이 공간에서 츠카사와 타카기는 조금도 두려워하는 기색 없이 웃는 얼굴로 인테리어 감상 따위를 주고받고 있다. 아무래도 이 아이들은 건축물에 흥미가 있어서 카페 나들이를 하는 모양이다. 뭐지, 이 취미는? 남자 고등학생의 취미는「무」같은 잡지 읽기 아니었어?

"타키, 정했냐?"

츠카사의 재촉에, 나는 카페 관찰을 중단하고 묵직한 가죽 표지로 된 메뉴로 시선을 돌린다.

"……! 이, 이 팬케이크 값은, 나의 한 달 생활비인데!"

"너는 어느 시대 사람이냐."

타카기가 웃으며 말한다.

"흐음."

나는 잠시 고민하다 지금 여기가 꿈속이라는 사실을 깨닫는다. 그럼 상관없지. 타치바나 타키 돈을 쓰는 거니까 좋아하는 것으로 먹어야지.

하아, 좋은 꿈이야.

망고와 블루베리에 둘러싸인 요새 같은 모양새의 중량급 팬케이크를 말끔히 먹어치웠다. 나는 크게 만족하며 시나몬 커피를 홀짝였다.

띠리링.

주머니 속에서 스마트폰이 울렸다. 화난 이모티콘이 잔뜩 들어간 메시지가 도착했다.

"……으악! 저기, 어쩌면 좋아. 나 알바 늦었대! 상사로 보이는 사람이 엄청 화내고 있어!"

"어라? 너 오늘 알바 날이었냐?"

타카기가 말했다. 이어서 츠카사도 재촉하며 말했다.

"그럼 빨리 가봐."

"응!"

나는 서둘러 일어섰다. 아, 그런데…….

"왜 그래?"

"저기, 내가 알바하는 데가 어디니?"

"뭐어?"

두 사람은 어이없는 기분을 넘어서 이제는 화가 난 것 같다. 하지만 나, 이 남자애에 대해서 전혀 모른단 말이야!

"저기요, 주문 안 받아요?"

"타키! 12번 테이블 주문 받아 와!"

"이거 안 시켰는데요."

"타키! 송로 버섯은 다 떨어졌다고 말했지!"

"계산 좀 빨리 해주세요!"

"타키, 걸리적거리지 말고 비켜!"

"타키, 너 제대로 안 해?"

"타키!"

그곳은 엄청나게 고급스러워 보이는 이탈리안 레스토랑이었다.

2층 천장까지 시원스레 뚫린 구조로 눈부시게 반짝이는 샹들리에가 달려 있다. 그리고 천장에서는 영화에서 본 커다란 팬이 천천히 돌고 있다. 타치바나 타키는 나비넥타이 차림으로 웨이터 일을 하는데, 저녁 시간대에 이 가게는 마치 지옥처럼 정신이 없었다.

나는 주문을 잘못 받고, 요리도 잘못 가져다 주고, 손님은 혀를 차고, 셰프는 화를 내는 상황에서 탁류에 휩쓸려 내려가듯 쉴 새 없이 우왕좌왕했다. 아니, 저 여기 처음이거든요! 게다가 알바 자체를 해본 적도 없고요! 이거 완전히 악몽이잖아! 아, 정말. 이 꿈은 대체 언제 깨는 거야? 이 모든 게 다 네 탓이다. 타치바나 타키!

“저기, 이봐, 형씨.”

“음? 아, 네!”

나는 그 목소리의 주인공을 조금 지나친 후에 서둘러 돌아섰다('형씨'라고 하는데 어떻게 알아!).

우와. 목깃은 활짝 풀어헤치고 금목걸이를 둘둘 휘감고 손가락에는 대체 반지를 몇 개나 낀 거야? 딱 봐도 양아치였다. 아, 그러고 보니 이런 사람, 우리 마을 옆 도시에 가면 역 근처에 꽤 있었지. 연예인처럼 반짝이기만 하는 다른 세련된 손님보다는 조금 친근하다고 해야 하나. 그는 엷게 웃음기를 띠며 나에게 말했다.

“피자 안에 이쑤시개가 있더라고?”

“네?”

그 양아치가 들어 올린 바질 피자의 마지막 한 조각 단면에는 마치 '내가 꽂았지' 하고 말하듯, 떡하니 이쑤시개가 꽂혀 있었다. 이 사람 지금 농담하는 건가. 어떻게 대답해야 좋을지 몰라 당황한 얼굴로 서 있으니, 얼굴에 여전히 웃음기를 띤 채 양아치가 입을 열었다.

“이거 먹기라도 했음 어쩔 뻔했어? 이제라도 내가 발견했으니 다행이지. 어쩔 거야?”

“저…….”

그래도 역시 ‘당신이 꽂았잖아?’ 라는 말은 하면 안 될 것 같았다. 나는 애매한 미소를 지었다. 남자는 웃음기를 싹 거두고 윽박질렀다.

“어쩔 거냐고 묻잖아!”

쾅! 남자가 무릎으로 테이블을 강하게 차면서 갑자기 고함을 질렀다. 가게 안의 술렁거림이 순간적으로 얼어붙더니 뚝 끊겼다. 내 몸도 굳어버렸다.

“손님! 뭐 불편하신 점이라도 있으십니까?”

한 여자가 나타나 내 몸을 밀며 말했다. 그녀는 나를 힐끗 보면서 “내가 알아서 할게” 하고 나직이 말했다. 뒤에서 다른 사람이 팔을 잡아끌었다. 끌려가듯 나는 그 자리를 떠났다. 쳐다보니 선배로 보이는 남자 웨이터였다.

“너 진짜 오늘 왜 이래.”

그가 걱정스러운 얼굴로 말했다.

“—대단히 죄송합니다!”

양아치에게 깊이 고개를 숙여 사과하는 여자의 모습이

보였다. 가게 안의 술렁임이 볼륨 다이얼을 돌린 듯 서서히 다시 돌아왔다.

나는 잔디 깎는 기계처럼 큰 업무용 청소기로 바닥 청소를 했다. 겨우 영업이 끝났다. 샹들리에 불빛이 꺼지고 테이블 식탁보도 죄 걷혔다. 어떤 사람은 유리잔에 광을 내고, 어떤 사람은 냉장고 안 재고를 확인하고, 또 어떤 사람은 계산대 컴퓨터를 조작했다.

그리고 나를 도와준 여자는 테이블을 닦고 있었다. 나는 아까부터 말을 걸 타이밍을 찾기 위해 눈치를 보고 있다. 굵은 웨이브가 들어간 긴 머리가 옆얼굴부터 눈 주위를 가리고 있어서 표정을 읽을 수 없었다. 하지만 윤기 나는 립글로스를 바른 입술은 온화한 미소를 띠고 있었다. 팔다리가 길고 허리는 가늘고 잘록하며 가슴이 크다. 뭔가 무척 멋지다. 그 자랑스러운 가슴에 달린 이름표에 '오쿠데라(奧寺)'라고 쓰여 있는 것을 지나가다 보고 외워두었다. 좋아!

"오쿠데라 씨."

과감하게 말을 걸었는데 뒤에서 누군가 콩, 꿀밤을 먹였다.

"선배라고 해야지!"

농담 섞인 목소리로 나에게 꿀밤을 먹인 남자는 메뉴 더미를 한 손에 들고 주방으로 돌아갔다. 그렇군. 선배란 말이지. 좋아!

"저기, 오쿠데라 선배님! 아까는……."

"타키, 오늘 많이 힘들었지?"

선배가 돌아서며 내 눈을 빤히 들여다봤다. 천장을 향해 한껏 말려 올라간 긴 속눈썹. 마치 미녀의 표본 같은 아몬드형 눈매, 등을 간질이는 섹시한 목소리. 반사적으로 '좋아해요!' 라는 말이 튀어나올 것 같다. 볼이 조금 달아오르는 것이 느껴져 나는 서둘러 눈을 내리깔았다.

"아, 아니요. 힘들긴요."

"아까 그 녀석, 분명 고의로 그런 거야. 매뉴얼대로 돈은 안 받았지만."

그다지 화나 보이진 않는다. 선배는 행주를 휙 돌리더니 뒷면으로 다른 테이블을 닦기 시작했다. 저기 하고 말을 이으려는데 다른 웨이트리스가 소리쳤다.

"꺄아, 오쿠데라 씨!"

"치마요!"

"응?"

상반신을 틀어서 자기 엉덩이를 내려다보던 오쿠데라 선배의 얼굴이 새빨갛게 달아올랐다. 자세히 보니 허벅지 윗부분부터 스커트가 옆으로 쫙 찢어져 있다. 선배는 어머? 하고 작게 비명을 지르더니 두르고 있던 앞치마를 돌려서 찢어진 부분을 가렸다.

"안 다쳤어?"

"너무하네. 아까 그 손님이지?"

"이런 일, 예전에도 있었지."

"이거 성희롱이지?"

"그 녀석 얼굴 기억나?"

종업원 몇이 선배 주위에 모여들어 걱정스러운 듯 말을 걸었다. 선배는 말없이 고개를 숙이고 있었다. 나는 하려던 말을 삼키고 바보처럼 우두커니 서 있었다. 오쿠데라 선배의 어깨가 조금 떨리고 있었다. 그녀의 눈가에 아주 조금 눈물이 차오르는 것 같았다.

이번에는 내가 도와줘야 해.

순간 나는 생각했다. 정신을 차렸을 때에는 이미 선배의 손을 잡고 걷고 있었다. 야, 타키 너 이 자식! 등 뒤로 들려오는 목소리도 무시했다.

녹색은 이파리, 오렌지는 꽃과 나비. 모티프를 하나 정도 더 넣고 싶은데. 갈색은……. 그래, 고슴도치로 하자. 크림색으로 코를 수놓고.

나는 스커트의 찢어진 부분을 잡고 감치기를 했다. 탈의실 바느질 상자에 마침 자수 실이 몇 가닥 들어 있었다. 이 참에 조금 공들여 수선해두자. 할머니에게서 수련을 받은 나에게 이 정도 바느질은 식은 죽 먹기다.

"다 됐어요!"

5분도 안 걸려 뚝딱 치마를 고쳐서 오쿠데라 선배에게 건넸다.

"이걸 어떻게……."

나에게 이끌려 어쩔 수 없이 탈의실에 들어온 후로 의심의 눈빛을 거두지 못한 채 불안해하던 선배의 표정에 놀라움이 가득 찬다.

"대단해! 와, 타키 정말 대단해! 치마가 예전보다 더 예뻐졌어!"

치마는 10cm 정도 옆으로 일자를 그리며 찢어졌는데, 그

부분을 다시 이으면서 이파리 위에서 노니는 고슴도치 문양을 넣은 것이다. 스커트가 진갈색이라 작은 장식은 포인트도 될 테고 선배 같은 완벽한 미인에게는 귀여운 모티프가 오히려 어울릴 것 같았다. 잡지 모델 같았던 선배의 단정한 미인형 얼굴이 이웃집 언니처럼 친근해졌다.

"오늘 도와주셔서 감사했어요."

겨우 전했다.

"후후."

선배는 커다란 눈망울을 부드럽고 가늘게 떴다.

"실은 말이야, 나 아까 좀 걱정했어. 타키는 싸움도 잘 못하면서 욱하는 스타일이니까."

선배는 자신의 왼쪽 볼을 가느다란 손가락으로 통통 치면서 말했다. 나는 그제야 타치바나 타키의 얼굴에 반창고가 붙어 있는 이유를 어렴풋이 이해했다.

"난 오늘 같은 네가 더 좋아."

선배는 약간 장난스럽게 말했다.

"타키에게도 생각보다 여성스러운 면도 꽤 있었네."

콩닥콩닥, 심장이 뛰었다. 선배는 모든 것을 대가없이 그저 주고 싶어지는 최고의 미소를 지었다. 이 미소가 오늘 도쿄에서 본 것 중 가장 고귀하다고 나는 생각했다.

집에 가는 길에 탄 노란 전철에는 사람이 많지 않았다.

새삼 도쿄는 다양한 냄새로 가득하다는 사실을 깨달았다. 편의점, 패밀리 레스토랑, 스쳐 지나가는 사람, 공원 옆, 공사 현장, 밤의 어둠에 잠긴 역, 전철 안. 거의 10분 단위로 냄새가 바뀌었다. 인간이라는 생물이 모이면 이렇게 진한 냄새를 풍긴다는 사실을 나는 지금까지 알지 못했다. 그리고 이 도시에는 눈앞을 흘러가는 창문의 불빛 수만큼, 사람들의 생활이 있다. 시야 끝까지 이어지는 건물. 마치 산맥처럼 펼쳐져 있는 눈이 돌아갈 정도로 많은 건물의 압도적인 중량에 마음이 수런거렸다.

—그리고 타치바나 타키 또한, 이 도시에 사는 한 사람이다. 나는 전철 차창에 비친 남자아이에게 슬며시 손을 뻗었다. 조금 마음에 안 드는 구석도 있지만, 싫지만은 않은 얼굴일지도. 나는 이 남자애에게 엄청난 하루를 함께 싸우고 살아남은 전우에게서 느끼는 친근감을 느꼈다. 그건 그렇고—.

"그건 그렇고. 내가 생각해도 참 진짜 같은 꿈이야."

집에 돌아온 나는 오늘 아침 눈을 뜬 침대에 다시 몸을 던졌다.

얘들아, 내가 이런 꿈을 꿨어. 대단하지? 하고 내일 텟시와 사야에게 들려줘야지. 어때, 마치 두 눈으로 직접 본 것 같은 이 상상력! 나 이러다가 만화가가 되는 것은 아니겠지? 아니, 그림은 잘 못 그리니까 소설가가 나으려나? 아마 돈깨나 벌겠지? 그럼 다 같이 도쿄에서 셰어하우스라도 할까?

그런 상상으로 히죽거리며, 나는 똑바로 누워 아무렇지 않게 타치바나 타키의 스마트폰 화면을 손가락으로 넘겼다. 어머, 얘 일기 같은 것도 쓰네.

〈9/7 츠카사&타카기랑 KFC 가기〉〈9/6 히비야(日比谷)에서 영화〉

〈8/31 건축 순례·연안 편〉〈8/25 알바비 받는 날!〉

참 꼼꼼한 애네.

제목을 스크롤하며 나도 모르게 감탄했다. 이번에는 앨범을 열었다. 대부분 풍경 사진이고 그다음으로 츠카사, 타카기와 찍은 사진이 많다. 같이 라멘도 먹고, 공원에도 갔

네. 얘네 참 사이좋구나. 규동집, 역에 있는 메밀국수집, 세련된 햄버거 가게. 방과 후 바라본 빌딩과 빌딩 사이의 노을, 친구들의 뒷모습, 올려나본 하늘에 떠 있는 비행기구름.

"좋구나. 도쿄 라이프."

그렇게 중얼거리자 하품이 한 번 나왔다. 슬슬 자야겠다고 생각하면서 다음 사진을 열었다.

"아, 오쿠데라 선배."

선배가 레스토랑의 창을 닦고 있는 뒷모습인데 몰래 찍은 모양이다. 다음 사진에서는 그것을 알아챈 선배가 이쪽을 보고 웃으며 손가락으로 브이를 그리고 있다.

……혹시 이 녀석, 오쿠데라 선배를 좋아하나? 문득 그런 생각이 들었다. 하지만 분명 짝사랑이겠지. 선배는 대학생이다. 고등학생 따위가 남자로 보이겠어?

나는 침대에서 몸을 일으켜 일기 앱에 오늘자 제목을 작성했다. 그리고 오늘 하루 내가 체험한 일들을 입력해나갔다. 이것저것 실수도 많았지만 마지막에는 오쿠데라 선배와 친해졌다는 것. 아르바이트에서 돌아오는 길에 가게에서 역까지 함께 걸어간 것. 나는 타치바나 타키에게 그 모든 일을 보고하고 자랑하고 싶은 마음으로 일기를 썼다. 일

기를 쓰고 나니 다시 한 번 하품이 나왔다. 그때 문득,

너는 누구냐?

국어 노트에 있던 낙서가 떠올랐다. 내 모습을 한 타치바나 타키가 이토모리의 내 방에서, 자기 전에 그 문장을 쓰고 있다. 웬일인지 그런 모습이 그려졌다. 이상한 상상이야. 하지만 그것은 묘한 설득력이 있었다. 나는 책상 위에 있던 매직을 들고 손바닥에,

미츠하

라고 썼다.

하암.

세 번째 하품이다. 역시 오늘은 피곤했다. 계속 무지갯빛 물줄기를 맞은 것처럼 컬러풀하고 설레는 하루였다. 배경음악 같은 것을 틀지 않아도 세상이 훨씬 빛나 보였다. 자기 손바닥에 적힌 글자를 보고 놀랄 타치바나 타키를 상상하니 조금 웃음이 났다. 나는 잠에 빠져들었다.

○ ○ ○ ○ ○ ○ ○ ○ ○ ○ ○ ○

"……이게 뭐지?"

나는 내 손바닥을 보면서 나도 모르게 소리 내어 말했다.

글씨가 쓰인 손바닥을 보다가 시선을 아래로 떨어뜨렸다. 꾸깃꾸깃 주름진 교복과 넥타이가 눈에 들어왔다. 옷도 안 갈아입고 잤단 말이야?

"이, 이건 뭐야!"

이번에는 크게 소리치고 말았다. 함께 아침을 먹던 아버지가 그런 나를 흘깃 바라보았지만, 금세 관심을 거두고 다시 자기 밥그릇으로 시선을 돌렸다. 나는 아연실색해서 스마트폰 화면을 보았다. 기억에 없는 긴 일기가 있었다.

……그리고 알바 마치고 돌아가는 길, 역까지 오쿠데라 선배랑 단둘이서 걸어갔어! 이 모든 게 내 여성스러움 덕분이지♡

"타키, 오늘도 카페 갈까?"

"아, 미안, 나 지금부터 알바 가야 해."

"하하, 이제 장소는 알겠냐?"

"뭐? ……아, 츠카사 혹시 너냐?"

내 목소리가 반사적으로 거칠어졌다. 아니, 그보다 차라리 이 녀석의 소행이었으면 좋겠다. 하지만 츠카사의 의아한 표정이 아니라고 말해주고 있다. 다른 사람이 공들여서 이런 장난을 칠 이유는 없다. 나도 그 사실은 잘 알고 있다.

나는 의자에서 일어나며 떨떠름하게 말했다.

"아니, 아무것도 아니야. 먼저 간다."

교실을 나가는 내 등 뒤로, "저 녀석 오늘은 멀쩡하네?" 하는 타카기의 목소리가 들렸다.

오싹한 한기가 발밑부터 차올랐다. 뭔가 이상한 일이, 내 몸에 일어나고 있다.

"왜, 왜들 그래요?"

아르바이트 유니폼으로 갈아입고 탈의실 문을 열자 남자 선배 세 명이 길을 막으며 서 있었다. 직원 한 명에 아르바이트 대학생 두 명이었다. 충혈된 것도 같고 눈물이 맺힌 것도 같은, 어쨌든 불길한 눈빛으로 나를 노려보고 있었다. 꿀꺽, 마른침을 삼키는 나에게 위압적인 목소리로 선배들이 다그쳤다.

"야, 타키 이 녀석. 새치기나 하고."

"설명을 해봐."

"어제 둘이 같이 돌아갔지."

"아, 그게 진짜였어요? 내가? 오쿠데라 선배하고?"

그렇다면 그 일기가 진짜라고?

"너네 그러고 나서 어떻게 됐어!"

"아니, 저기……. 저는 사실 기억이 잘 안 나요."

"장난하냐!"

멱살이라도 잡힐 것 같은 순간, 시원스러운 목소리가 홀에 울려 퍼졌다.

"오쿠데라, 입장!"

오쿠데라 선배가 긴 맨다리와 상의 바깥으로 노출한 어깨를 반짝반짝 흔들면서 이쪽으로 다가왔다. 끈으로 묶는 샌들 굽을 기분 좋게 울리면서 우리에게도 웃는 얼굴로 인사했다.

"수고~."

"안녕하세요."

이 가게의 아이돌 같은 존재인 선배의 눈부신 모습 앞에서 우리 남자 넷은 절로 한 목소리를 냈다. 순간 티격태격

했다는 사실마저 잊어버렸다. 그때 오쿠데라 선배가 획 돌아서더니 나를 쳐다보았다.

"오늘도 잘 부탁해, 타키."

선배는 끝에 하트가 붙어 있는 것만 같은 달콤한 목소리로 말했다. 그러고는 찡긋 소리가 날 것 같은 윙크를 날리더니 문 저편으로 사라졌다. 내 얼굴은 뜨거운 물을 머리에 끼얹은 듯 벌겋게 달아올랐다. 너무 엄청난 일이 일어났다. 지금 당장이라도 가게 안에 있는 모든 유리를 반짝반짝 닦고 싶어졌다.

"……야, 타키."

땅속에서 울리는 듯한 남자들의 어두운 목소리에 나는 번뜩 정신을 차렸다.

—아뿔싸. 선배들의 통곡 같은 추궁을 받으며 나는 생각했다.

이게 대체 무슨 일이야? 다들 한통속이 돼서 나를 놀리는 건가? 설마 그럴 리가. 대체 나는 나도 모르는 사이에 무슨 짓을 한 거야?

'미츠하'가 대체 누구냐고!

짹짹짹. 오늘 아침도 새가 활기차게 지저귄다. 장지 너머로 새어드는 아침 햇살은 마치 새것처럼 깨끗하다. 평소와 다름없는 평화로운 아침이다. 그런데 이제 막 잠에서 깨어난 내 손에는 짜증을 터뜨리는 듯한 낯선 글씨가 쓰여 있었다.

미츠하? 너 누구야? 너 뭐냐고????

굵은 매직으로 손바닥에서 팔꿈치까지 큼직큼직 거친 글씨가 난폭하게 쓰여 있다.

"언니, 그거 뭐야?"

고개를 드니 요츠하가 맹장지문을 열고 서 있었다. 그건 내가 묻고 싶은 말이다! 동생은, 뭐, 아무래도 상관없지만, 라고 말하는 듯한 표정을 짓고 있다.

"오늘은 가슴 안 만지네? 밥 먹어! 빨리 일어나!"

평소처럼 문을 쾅 닫고 가는 모습을 나는 이불 속에 앉은 채로 바라보았다. 응? 가슴? 오늘은 안 만진다고? 문득 내 가슴을 기쁜 표정으로 주무르는 내 모습이 떠오른다. ……그, 그건 완전 변태잖아!

"안녕."

인사하면서 교실로 들어서자 반 친구들이 일제히 나를 쳐다보았다. 나는 작게 숨을 들이마셨다. 왜 그러지? 소심해져서 창가 자리로 걸어가는데 나를 보며 수군거리는 소리가 들려왔다. 미야미즈, 어제 멋있었는데. 완전 달리 봤다니까. 근데 쟤 성격 좀 바뀐 것 같지 않아?

"왜, 왠지 시선이 따가운데……."

"뭐, 어쩔 수 없잖아. 아무래도 어제 워낙 네가 눈에 띄었잖니."

"어제?"

자리에 앉으면서 묻는 내 얼굴을 사야가 신기하면서도 걱정스럽다는 듯 쳐다보았다.

—어제 미술 시간, 정물 스케치 때 이야기잖아. 어머, 얘 또 기억을 못하네. 미츠하 너 정말 괜찮아? 나랑 너랑 같은 그룹에서 꽃병과 사과라는, 여느 때처럼 의미 불명의 모티프를 그리고 있었는데 말이야, 미츠하 네가 네 마음대로 풍경 스케치를 하더니……. 뭐, 그건 중요한 게 아니고. 아무튼 마츠모토랑 걔네들이 늘 하던 뒷담화를 또 시작하는 거야.

—뭐, 듣고 싶다고? 음, 네 아버지 선거 이야기 말이야. 뭐? 자세히? 그러니까 마을 행정이야 예산을 어찌 나누느냐의 문제일 뿐이지 누가 하든 상관없다거나, 그래도 그걸로 먹고사는 애도 있다거나, 그런 쓸데없는 이야기. 그래서 그걸 듣고 있던 네가 나한테 "저거 지금 내 얘기 하는 거지?" 하더라고. 그런 것 같다고, 네가 물어보니까 나도 대답하는 수밖에 없었고. 그랬더니 미츠하 네가 뭘 했는지 알아? 진짜 기억 안 나? 너 걔네들 있는 쪽으로 꽃병이 놓여 있던 책상을 발로 차서 넘어뜨렸잖아! 심지어 씩 웃으면서! 마츠모토랑 걔네들 완전 쫄아서는! 꽃병은 산산조각 나고 교실 안은 완전 찬물이라도 끼얹은 듯 조용해지고. 나까지 등골이 다 오싹해지더라!

"뭐, 뭐야, 그게?"

나는 새파랗게 질렸다. 수업이 끝나자마자 뛰어서 집으로 돌아갔다. 마루에서 느긋하게 차를 마시던 요츠하와 할머니를 뒤로하고 계단을 달려 올라가서 고전문학 노트를 펼쳤다. '너는 누구냐?' 라는 글자가 보였다. 페이지를 더 넘겼다.

온몸에 닭살이 돋았다. 같은 필체로 양쪽 페이지에 자잘한 글자가 가득 쓰여 있었다. 우선 크게 '미야미즈 미츠하' 라는 글씨가 보였다. 그 주변에는 엄청나게 많은 물음표와 내 개인 정보가 수없이 적혀 있었다.

2학년 3반 / 테시가와라♂·절친·오컬트 마니아·바보스럽지만 착한 녀석 / 사야카♀·절친·얌전하고 좀 귀여움

할머니와 동생 요츠하와 셋이 살고 있음 / 시골 깡촌 / 아빠는 이장 / 무녀를 하고 있음? /엄마는 돌아가신 듯 / 아버지와는 별거 중 / 친구가 적음 / 가슴은 있음

그리고 특히 크게 쓰인 '이 인생은 대체 뭐야??' 라는 문장이 보였다. 몸을 떨면서 노트를 쳐다보는 내 머릿속에 아련히 아지랑이가 피어오르듯 도쿄의 풍경이 일렁인다. 카페, 아르바이트, 남자 친구들, 누군가와 걸었던 귀갓길…….

내 마음 한구석에 말도 안 되는 결론이 한 가닥 자리 잡는다.

"이건……. 이건 설마."

"이건, 어쩌면 정말로……."

나는 방에 틀어박혀 믿을 수 없는 심정으로 스마트폰을 뚫어져라 들여다보고 있다. 아까부터 반쯤 다른 사람 손이 된 것마냥 손가락 끝이 제멋대로 떨린다. 그 손가락으로 나는 일기 애플리케이션의 기록을 되짚는다. 내가 쓴 일기에는 기억에 없는 제목이 여러 개 끼어들어 있었다.

첫♡하라주쿠(原宿) 오모테산도(表参道) 파니니 잔뜩! / 오다이바(お台場) 수족관에 남자 두 명과♡ / 전망대 순회와 벼룩시장♡ / 아버님 직장 방문♡가스미가세키(霞ヶ関)!

내 마음 한구석에 말도 안 되는 결론이 한 가닥 자리 잡는다.

설마.

나는 꿈속에서 그 여자애랑—

나는 꿈속에서 그 남자애랑—

서로 뒤바뀐 거야?

ㅇ ㅇ ㅇ ㅇ ㅇ ㅇ ㅇ ㅇ ㅇ ㅇ ㅇ ㅇ

산 끝자락에서 아침 해가 떠오른다. 호수의 마을이 태양빛에 서서히 씻긴다. 아침의 새소리, 낮의 정적, 저녁의 벌레 소리, 밤하늘의 반짝임.

빌딩 사이에서 아침 해가 떠오른다. 무수히 많은 창이 순서대로 햇살에 반짝인다. 아침의 인파, 낮의 소란스러움, 저녁 무렵의 사람 사는 냄새, 밤거리의 반짝임.

우리는 그 한순간 한순간을 몇 번이고 넋을 잃고 바라본다.

그리고 ***우리***는 조금씩 서로를 알아간다.

타치바나 타키. 타키는 도쿄에 사는 동갑내기 고등학생이고.

시골에 사는 미야미즈 미츠하와 몸이 바뀌는 일은 부정기적이며, 일주일에 두세 번, 갑자기 찾아온다. 계기는 잠드는 것. 이유는 알 수 없다.

몸이 뒤바뀌었을 때의 기억은 눈을 뜨자마자 흐릿해져버린다. 마치 선명한 꿈을 꾼 직후처럼.

하지만 **우리**는 분명 서로 뒤바뀐다. 무엇보다 주변의 반응이 그것을 증명해준다.

그리고 서로 몸이 바뀐다는 사실을 의식하고 나서는 꿈속 기억도 조금씩 간직할 수 있게 되었다. 가령 지금은 잠에서 깬 시간이라도 타키라는 남자애가 도쿄에 살고 있다는 것을 **나**는 알 수 있다.

어딘가 시골에 미츠하라는 여자애가 살고 있다는 것을 지금은 **나**도 확신한다. 이유도, 이치도 잘 모르지만 묘한 실감이 있다.

그리고 **우리**는 서로 커뮤니케이션을 시작했다. 바뀐 날에는 스마트폰에 일기나 메모를 남겨주는 방식으로.

문자나 전화도 시도해봤지만 어째서인지 어느 것도 연결되지 않았다. 하지만 일단 커뮤니케이션 방법이 있다는 것은 행운이었다. 우리에게는 서로의 생활을 지킬 필요가 있기 때문이다. 그래서 **우리**는 규칙을 정했다.

〈타키에게 금지 사항 1〉

목욕 절대 금지

몸은 보지 않는다·만지지 않는다

앉을 때 다리를 벌리지 말 것

텟시와 필요 이상으로 친하게 지내지 말 것. 그 애는 사야와 이어져야 하므로

그 외 남자애들 만지지 말 것

여자애들도 만지지 말 것

〈미츠하에게 금지 사항 Ver.5〉

낭비 금지라고 전에도 말했지?

학교·알바 지각하지 마. 어지간하면 길 좀 외워라

사투리 쓰지 마

너 몰래 내 몸 씻는 거 아니야? 왠지 샴푸 향이 난다

츠카사한테 치근덕거리지 마. 오해받잖아, 멍청이

오쿠데라 선배한테 집적대지 마. 제발 부탁이다

—그런데도. **나**는 미츠하가 쓴 일기를 읽으면서 오늘도 이를 간다.

나는 타키의 일기를 읽으며 화가 나서 어쩔 줄을 모른다. 아, 정말, 진짜!

이 남자애
는 도대체……!
이 여자애

농구 수업에서 대활약을 했다고? 나 그런 캐릭터 아니라니까! 심지어 남자애들 앞에서 점프를 하고 마구 뛰어다녔다고? 가슴이랑 배랑 다리랑 제대로 가리라고 사야한테서 야단맞았잖아! 남자애들 시선, 치마 속 주의! 인간으로서 기본이잖아!

▼

미츠하 너, 미친 듯이 비싼 케이크 같은 거 마구 사 먹지 말라고! 츠카사랑 타카기가 놀라잖아. 아니, 그보다 그거 내 돈이잖아!

▼

어차피 먹는 건 타키 네 몸이잖아! 그리고 나도 그 가게에서 알바하고 있거든! 그보다 타키, 알바 너무 많이 하는 거 아니야? 놀러 갈 시간이 전혀 없잖아.

▼

네가 용돈을 막 쓰니까 그렇지! 그리고 할머니랑 실매듭 만드는 거, 그거 나에겐 무리야!

▼

알바 마치고 돌아가는 길에 오쿠데라 선배랑 차 마심! 내가 쏘려고 했는데 선배가 사줬지 뭐야. 선배가 뭐랬는지 알아? 고등학교 졸업하면 사달래! "약속할게요" 라고 멋지게 대답해줬지. 너희 둘 사이는 순조로움. 다 내 덕분♡

▼

야, 미츠하, 무슨 짓을 하는 거야! 내 인간관계 멋대로 바꾸지 말라고!

▼

저기, 타키, 이 러브레터 뭐야? 왜 모르는 남자한테서 고백을 받아? 심지어 생각해본다고 대답했다며?!

▼

하하. 너, 자기 스펙을 전혀 활용하지 않고 있더라. 나에게 인생을 맡기는 게 더 인기 끌지 않겠어?

▼

잘난 척하지 마, 여친도 없는 주제에!

▼

그러는 너도 남친 없잖아!

▼

나는,
　　없는 게 아니라 안 만드는 거라고!
나는,

ㅇ ㅇ ㅇ ㅇ ㅇ ㅇ ㅇ ㅇ ㅇ ㅇ ㅇ ㅇ

미츠하의 벨소리다.

그렇다는 것은 오늘도 시골에서 지내야 한다는 소리다. 잠에서 덜 깬 나는 그렇게 생각했다. 좋아. 방과 후에 테시가와라와 추진 중인 카페 만들기를 계속할 수 있겠다. 아, 맞다, 그리고…….

나는 이불에서 상반신을 일으켜 몸을 내려다보았다.

최근 미츠하의 잠옷 단속이 무척 심해졌다. 예전에는 노브라에 헐렁한 원피스였는데 오늘 아침은 꽉 끼는 속옷에 단추로 꼭 여민 셔츠 차림이다. 몸이 언제 바뀔지 모르니 경계하는 것이다. 뭐, 네 마음은 알겠어. 알겠는데…….

나는 가슴으로 손을 뻗었다. 오늘은 이게 내 몸이니 내 몸을 만지는 것 정도는 문제없을 거라고 언제나처럼 나는 생각한다. 아, 근데, 역시…….

나는 손을 멈추고 혼자 중얼거려 본다.

"……그 애한테 좀 미안한가."

드르륵, 맹장지문이 열렸다.

"……언니는 자기 가슴 진짜 좋아하네."

그 말만 남기고는 문을 쾅 닫고 가는 여동생의 모습을 나는 가슴을 주무르며 바라보았다.

……괜찮을 거야, 옷 위로 조금 만지는 것 정도는.

"할머니. 우리 신체(神體)** 는 왜 이렇게 먼 거야?"

요츠하가 지긋지긋하다는 듯 말했다. 우리 앞을 걷는 할머니가 돌아보지 않고 대답했다.

"마유고로 탓인데, 나도 자세히는 모른단다."

마유고로?

"그게 누구야?"

옆을 걷는 요츠하에게 나는 작게 물었다.

"으응, 몰라? 유명하잖아."

유명? 시골 깡촌의 인간관계를 이 몸이 알 턱이 있나.

미야미즈 가문의 여자 셋, 그러니까 나와 할머니와 요츠하는 거의 한 시간 가까이 산길을 걷고 있다. 오늘은 산 위에 있는 신체에 공물을 봉납하는 날이라고 했다. 이 사람들은 옛날이야기에나 나올 것 같은 세상에 사는구나 싶어 나는 늘 탄복한다.

** 神體. 신령이 머무는 곳.

햇빛을 머금은 단풍나무 이파리들이 마치 물들인 듯 붉다. 공기는 바싹 말랐고, 기분 좋은 바람은 마른 이파리 향을 흠뻑 머금고 있다. 10월, 이곳은 어느새 완연한 가을이다.

그러고 보니 이 할머니는 연세가 어떻게 되실까.

나는 눈앞에 있는 작은 등을 보며 생각했다. 할머니는 이런 산길을 오르는데도 기모노를 갖춰 입었다. 생각보다 다리는 건강하다. 하지만 허리는 그려놓은 듯 굽어서 지팡이를 짚었다. 노인과 살아본 적 없는 나는 할머니의 연령도, 건강 상태도 알 길이 없다.

"할머니!"

나는 뛰어가서 할머니 앞에 무릎을 꿇고 등을 내밀었다. 이 작은 할머니가 미츠하와 요츠하를 키우고 매일 맛있는 도시락을 싸주시는 것이다.

"업혀요, 괜찮으니까."

음? 괜찮겠냐? 그렇게 말하면서도 기쁜 듯이 할머니가 내 몸에 체중을 맡겼다. 먼 옛날 누군가의 집에서 맡은 것 같은 묘한 냄새가 훅 끼쳤다. 그때, 예전에도 이런 순간이 있었던 것만 같은 신기하고도 따뜻한 기분이 들었다. 할머니는 무척 가벼웠다.

"할머니, 엄청 가벼워—억!"

몸을 일으키는 순간, 나는 무게를 이기지 못하고 그만 무릎이 탁 풀렸다.

"조심해야지, 언니!"

요츠하가 타박하면서 얼른 잡아주었다. 그러고 보면 미츠하의 몸도 꽤 말랐다. 이런 몸으로 산다는 것이 신기해서 나는 왠지 뭉클한 기분이 들었다.

"미츠하, 요츠하."

등에서 할머니가 천천히 말을 꺼냈다.

"'무스비'라는 걸 아니?"

"무스비?"

내 배낭을 앞쪽으로 멘 요츠하가 옆에서 물었다. 나무들 사이로 둥근 호수 전체가 내려다보였다. 꽤 높은 곳까지 올라온 것이다. 할머니를 업고 산을 오르니 미츠하의 몸은 땀으로 흠뻑 젖었다.

"땅의 수호신을 말이다, 옛말로 '무스비(産靈)'라고 부른단다. 여기에는 몇 가지 깊은 뜻이 있지."

수호신? 갑자기 무슨 소리야? 그래도 옛날이야기를 들려주는 것 같은 할머니의 목소리에는 묘한 설득력이 있었다.

알고 있니? 하고 할머니는 다시 물었다.

"실을 잇는 것도 '무스비', 사람을 잇는 것도 '무스비', 시간이 흐르는 것도 '무스비'. 전부 같은 말을 쓰지. 그 말은 신을 부르는 말이자 신의 힘이란다. 우리가 만드는 실매듭도 신의 솜씨, 시간의 흐름을 나타내지."

강물이 흐르는 소리가 들렸다. 나는 어딘가에서 계곡이 흐르는 모양이라고 생각했다.

"한데 모아서 모양을 만든 후에 꼬아서 휘감고, 때로는 되돌리고, 끊기고, 또 이어지고. 그것이 실매듭. 그것이 시간. 그것이 '무스비'."

나는 투명한 물의 흐름을 떠올렸다. 돌에 부딪혀 갈라지고 다른 물줄기와 섞이고 합류하지만 전체를 보면 하나로 이어진 것. 할머니의 말씀은 무슨 뜻인지 전혀 알 수 없었지만 뭔가 무척 중요한 것을 깨닫게 된 것만 같은 기분이 들었다. '무스비'. 잠에서 깨더라도 이 말은 기억해둬야지. 턱에 맺힌 땀이 큰 소리를 내며 지면에 뚝뚝 떨어져 마른 산에 스몄다.

"이거, 마시거라."

나무 그늘에서 잠깐 쉬기로 했다. 할머니가 물통을 건넸다.

설탕을 탔을 뿐인 달콤한 보리차였다. 그런데도 놀라울 만큼 맛있어서 나는 두 잔을 연거푸 들이켰다. "다음은 나!" 하고 요츠하가 졸랐다. 지금까지 마신 음료 중에서 가장 맛있는 것 같다.

"그것도, '무스비'."

"네?"

요츠하에게 물통을 건네면서 나무둥치 쪽에 앉아 있던 할머니에게 나도 모르게 시선이 갔다.

"알고 있니? 물이든, 쌀이든, 술이든, 무언가를 몸에 넣는 행위 또한 '무스비'라고 한단다. 사람 몸에 들어간 것은 영혼과 이어지는 법이지. 그러니 오늘 올리는 제사는 말이다, 미야미즈 가문의 핏줄이 몇 백 년이고 지켜온, 신과 인간을 단단히 이어주는 아주 소중한 전통이란다."

어느새 나무는 거의 사라지고, 마을을 내려다보자 호수는 스케치북만 해 보였다. 그 마을 절반은 구름에 뒤덮여 있다. 하늘을 올려다보자 엷은 구름이 투명하게 빛났다. 구름은 거센 바람에 녹아들면서 멀리멀리 흘러갔다. 주변에는 이끼 낀 바위만 굴러다녔다. 드디어 정상에 도착한 것이다.

"저기 보인다!"

들떠서 소리치는 요츠하의 시선을 좇았다. 그 끝에는 산 정상을 도려낸 듯, 칼데라처럼 둥그렇게 움푹 팬 지면이 있었다. 움푹 팬 땅은 식물로 뒤덮인 습지였다. 그리고 가운데에 커다란 나무 하나가 서 있었다.

상상도 하지 못했던 풍경에 눈이 휘둥그레졌다.

마을에서는 보이지 않는 풍경. 이곳은 천연 공중 정원이다. 시골은 하나하나가 엄청나다.

"여기서부터는 황천이란다."

할머니가 말했다. 우리는 움푹 팬 땅으로 내려갔다. 눈앞에 작은 시냇물이 흐르고 있었다. 거목이 있는 곳은 그 너머였다.

"황천?"

나와 요츠하가 한 목소리로 물었다.

"저세상을 말하지."

저세상. 마치 옛날이야기를 들려주는 것 같은 할머니의 목소리가 찬바람이 되어 내 등을 어루만졌다. 발이 약간 움츠러들었다. 영봉(霊峰)이라고 해야 하나, 기를 받을 수 있는 특별한 장소라고 해야 하나, 세이브 포인트라고 해야 하

나. 아무튼 이 장소에는 이 세상 같지 않은 분위기가 팽팽하게 감돌았다.

……한번 들어가면 못 돌아가는, 그런 일은 없겠지.

"와, 저세상이다!"

하지만 요츠하는 아랑곳없이 함성을 지르고 만세를 부르며 시냇물을 건너갔다. 꼬맹이는 좋겠네. 아무 생각 없지, 활기 넘치지. 하긴 날씨도 좋고 바람도 시냇물도 조용한, 이런 데서 겁을 먹으면 창피한 일인지도 모르겠다. 나는 할머니가 빠지지 않도록 할머니의 손을 잡고 바위를 다리 삼아 시냇물을 건넜다.

"이승으로 돌아오려면."

불쑥 신묘한 말투로 할머니가 입을 열었다.

"너희들의 가장 소중한 것을 대신 바쳐야만 해."

"네?"

나도 모르게 소리쳤다.

"저, 저기, 할머니. 다 건넌 다음에 알려주시면 어떡해요!"

내 항의에 할머니는 눈을 가늘게 뜨고 웃었다. 이가 다 빠져서 더 무서워 보이거든요.

"안 무서워해도 돼. 구치카미사케를 말하는 거니까."

꺼내라. 할머니의 말에 우리는 배낭에서 각각 작은 병 하나씩을 꺼냈다.

신단 같은 데 주로 올려놓는 수둥이가 작고 목이 긴 술병이다. 반들반들한 흰 도자기인데, 직경 5cm 정도의 동그란 구 모양에 밑으로 갈수록 점점 넓어지는 받침대가 붙어 있다. 뚜껑은 실매듭으로 봉인되어 있고, 꿀렁 하고 액체 흔들리는 소리가 났다.

"저 신체 아래에 바치렴."

할머니가 거목을 바라보며 말했다.

"저기에 작은 사당이 있어. 그곳에 봉납하면 된다. 그 술은 너희의 절반이니까."

—미츠하의 절반.

나는 손에 쥔 병을 보았다. 그 녀석이 쌀을 씹어서 만들었다는 구치카미사케. 이 몸과 쌀이 '맺어져서' 만들어진 술. 그것을 내가 신에게 바친다. 으르렁거리던 상대에게서 패스를 받아 골을 넣었을 때의 쑥스러움과 묘한 자부심을 느끼며 나는 거목을 향해 걸어갔다.

진짜 저녁매미가 우는 소리를 듣는 것은 난생처음일지도

모른다.

이것이 저녁매미 소리인 줄 어떻게 알았느냐면 영화나 게임에서 저녁 효과음으로 자주 들어 익숙하기 때문이다. 맴맴 하는 애절한 울음소리가 실제로는 주변 360도 방향에서 끊임없이 들리고 있어서 영화보다 더 영화 같다.

부스럭부스럭 큰 소리가 나더니 별안간 눈앞에 있던 덤불에서 참새 떼가 일제히 날아올랐다. 새는 나무에 있는 거라고만 생각했던 나는 깜짝 놀랐다.

하지만 요츠하는 즐겁다는 듯 참새를 쫓기도 하고 빙빙 돌기도 했다. 마을에 꽤 가까워진 것일까? 저녁밥 짓는 냄새가 바람에 희미하게 섞여 있다. 사람의 생활의 냄새란 것이 이렇게도 뚜렷이 구분할 수 있는 거로구나. 나는 또 조금 놀랐다.

"벌써 카타와레도키네."

하루의 일을 마치고 숙제에서 해방된 듯 홀가분한 목소리로 요츠하가 말했다. 석양이 할머니와 요츠하의 옆얼굴을 스포트라이트처럼 비추고 있다. 멋진 영화의 한 장면 같다.

"와아!"

눈앞에 보이기 시작한 마을의 풍경에 나도 모르게 탄성

이 새어나왔다. 미츠하가 사는, 호수를 둘러싼 마을의 전경이었다. 푸른 그늘이 이미 마을을 완전히 삼킨 뒤였고 호수만 넝그러니 붉은 하늘을 비추고 있었다. 경사면 여기저기에서 분홍빛 저녁 안개가 피어올랐다. 민가에서는 저녁밥을 짓는 가느다란 연기가 봉화처럼 여기저기에서 솟아올랐다. 마을의 상공을 나는 참새가 방과 후의 먼지처럼 불규칙적으로 반짝였다.

"이제 혜성이 보이려나?"

요츠하가 석양을 손바닥으로 가리면서 하늘을 바라보았다.

"혜성?"

그러고 보니 아침 식사 때 텔레비전에서 그런 이야기가 나왔던 기억이 났다. 며칠 전부터 육안으로 보일 정도로 혜성이 가까워진다고 했다. 오늘은 일몰 직후에 금성의 대각선 위를 찾으면 그 빛을 볼 수 있을 거라고도 했다.

"혜성……."

다시 한 번 나는 소리 내어 말했다. 문득 뭔가를 잊어버린 것만 같은 기분이 들었다. 눈을 가늘게 뜨고 나도 서쪽 하늘을 찾아보았다. 혜성은 바로 찾을 수 있었다. 한층 밝은 금성 위에 푸르게 빛나는 혜성 꼬리가 보였다. 무언가가 기억 밑바닥을 뚫고 나오려 한다.

맞아. 예전에도 나는,

이 혜성을.

"저런, 미츠하."

정신을 차리니 할머니가 얼굴을 들이밀고서 나를 올려다보고 있었다. 할머니의 검고 깊은 눈동자에 내 모습이 비쳤다.

"너 지금, 꿈을 꾸고 있구나?"

!

갑자기,

잠에서 깼다.

공중으로 떠올랐던 시트가 침대 위에 소리 없이 떨어졌다. 심장이 갈비뼈를 들어 올릴 듯 거칠게 뛰고 있어야 하는데 내 심장 소리가 들리지 않는다. 이상하다고 생각한 바로 그 순간, 조금씩 피가 순환하는 소리가 들리기 시작했다. 창밖의 아침 참새가 지저귀는 소리, 자동차의 엔진 소리, 전철이 지나가는 소리. 내가 어디에 있는지 겨우 생각났다는 듯 귀가 도쿄를 인식하기 시작했다.

"……눈물?"

볼을 만진 내 손가락 끝에 물방울이 묻어 있었다.

왜지? 이유를 알 수 없어서 손바닥으로 눈가를 닦았다. 방금 전까지 본 황혼 풍경도, 할머니의 말도, 어느새 물이 모래에 스며들 듯 사라졌다.

띠리링.

베개 곁에서 스마트폰이 울렸다.

나 곧 도착해. 오늘 잘 부탁해♡

오쿠데라 선배에게서 온 라인 메시지였다.

도착? 무슨 소리지? ……나는 뜨악했다.

"설마 또 미츠하가!"

서둘러 스마트폰을 들어 미츠하가 남긴 메모를 보았다.

"데이트?!"

나는 침대에서 튀어나와 전속력으로 몸단장을 했다.

내일은 오쿠데라 선배와 롯폰기 데이트! 요츠야 역 앞에서, 10시 반.

사실 내가 가고 싶은 데이트지만, 만약 본의 아니게 타키 네가 가게 된다면, 고맙게 생각하고 한껏 즐기도록 해.

다행히도 약속 장소가 근처였다. 전속력으로 달린 덕분에 도착했을 때는 약속 시간까지 아직 10분이 남아 있었다. 나는 숨을 고르며 스마트폰을 확인했다. 선배는 아직 도착하지 않았을지도 모른다. 휴일 오전인데도 역 앞은 생각보다 사람들로 붐볐다.

나는 땀을 닦고 재킷 깃을 여미며, 미츠하 이 멍청이라고 세 번 중얼거린 후에 혹시 몰라 오쿠데라 선배가 있는지 찾기 시작했다. 그 오쿠데라 선배랑 데이트? 게다가 얼떨결에 맞이하는 내 첫 데이트잖아. 아이돌 같고, 여배우 같고, 미스 일본 같은 오쿠데라 선배와 첫 데이트라니, 난이도 너무 높은 거 아니야? 제발 지금이라도 교대 좀 해줘. 미츠하 이 멍청아!

"타~키."

"으아악!"

등 뒤에서 갑작스레 들린 목소리에 나는 그만 한심한 소리를 내고 말았다. 나는 얼른 뒤돌아보았다.

"미안. 오래 기다렸어?"

"안 기다렸어요! 아니, 기다렸어요! 아, 아니, 그게."

뭐야, 이 질문은? 기다렸다고 대답하면 상대가 미안할 테고 안 기다렸다고 하면 약속 시간에 늦은 것으로 받아들여질 수도 있잖아. 으아, 대체 정답이 뭐냐고.

"아, 그게……."

나는 초조한 마음에 고개를 들었다. 오쿠데라 선배가 미소 지은 채 서 있었다.

"……!"

나는 눈이 휘둥그레졌다. 검정 샌들, 흰 플레어 미니 스커트, 검정색 오프 숄더. 모노톤 복장 밖으로 어깨와 다리가 눈부시게 드러났다. 금색 액세서리 몇 개가 피부의 매력을 주의 깊게 봉인하듯 배치되어 있다. 흰색의 작은 모자에는 커다란 모카색 리본이 달려 있다. 엄청나게 세련되고 숨막히게 예쁘다.

"지금 막 왔어요."

"다행이네!"

선배가 부드럽게 미소 지었다.

"이제 갈까."

선배가 팔짱을 끼었다. 아, 방금 한순간. 한순간이지만 팔에 가슴이 닿았는데. 나는 지금 당장 길가에 있는 모든 유리창을 닦아주고 싶어졌다.

"대화를 이어갈 수가 없어……."

화장실 안에서 거울에 머리를 찧고 싶은 기분으로 나는 고개를 깊이 숙이고 있다.

데이트가 시작된 지 세 시간, 나는 이미 인생 최고로 지친 상태다. 설마 내가 이렇게까지 여자를 대하는 기술이 형편없을 줄이야. 아니, 아니다. 아니라고 생각하고 싶다. 아무런 준비도 없는 나를 이 상황으로 떠민 미츠하 잘못이다. 그리고 무엇보다 선배가 지나치게 예쁜 것이 문제다.

지나가는 사람들 모두가 입을 쩍 벌리고 선배를 바라보니 말이다. 그러고 나서 그 옆을 걷는 나를 힐끔 보고는 왜 저런 어린애랑 어울려 다니느냐는 표정을 짓는다. 적어도 내게는 그렇게 보인다. 그야 그렇다. 나도 선배가 내게 과분하다는 것을 알고 있다. 아니, 그보다 내가 데이트를 신청한 게 아니라고요! 닥치는 대로 지나가는 사람들의 어깨를 붙잡고 변명하고 싶어진다. 그러니까 나는 무슨 말을 해야 좋을지 전혀 알 수가 없는 것이다. 눈치껏 선배가 말을 걸어주지만, 나는 그것도 견딜 수가 없어서, 점점 더 대화를 이어갈 수가 없게 된다. 악순환이다.

젠장, 미츠하. 너 선배랑 평소에 무슨 얘기 했어?

구원을 바라듯 나는 스마트폰을 열고 미츠하가 남긴 메모를 본다.

……그런데 넌 데이트 같은 거 해본 적 없을테니.

그런 타키를 위해 내가 엄선한 링크를 준비했어!

"뭐, 정말?"

뭐야, 이 녀석 쓸 만하네! 나는 지푸라기라도 잡는 심정으로 링크를 열었다.

Link 1 : 커뮤니케이션 장애를 겪는 Y가 애인을 GET한 이야기

Link 2 : 인생에서 1밀리그램도 인기 있어본 적 없는 당신을 위한 대화 기술!

Link 3 : 이젠 상대가 재수 없다고 생각하지 않는다! 사랑받는 메시지 특집

……왠지 이 녀석 나를 심하게 깔보는 것 같은데…….

나는 겨우 평온한 마음으로 미술관 안을 걷고 있다.

'향수'라는 이름이 붙은 사진전에는 딱히 흥미가 없지만, 말을 하지 않아도 부자연스럽지 않은 이 공간이 고마웠다. 오쿠데라 선배는 나보다 2m 정도 앞에서 사진을 감상하며 여유로운 표정으로 천천히 걷고 있다.

후라노(富良野), 츠가루(津軽), 산리쿠(三陸), 리쿠젠(陸前), 아이즈(会津), 신슈(信州)…… 지역별로 전시 구역이 나뉘어 있다. 하지만 내 눈엔 모두 비슷한 시골 풍경으로 보인다. 사진을 제대로 볼 줄은 모르지만— 풍경이 산이거나, 바다거나, 여름이거나, 겨울이거나. 차이는 고작 그 정도다. 집도 역도 길도 사람도 묘하게 닮았다. 원래 일본의 시골이란 것은 어디를 가도 이런 풍경이라고 나는 생각한다. 그러고 보면 가령 '시부야(渋谷)와 이케부쿠로(池袋)'라든가, '아카사카(赤坂)와 기치조지(吉祥寺)', '메구로(目黒)와 다치카와(立川)' 같은 도쿄에 있는 지역이 훨씬 저마다 개성이 넘친다.

그러나 내 발은 히다(飛騨)라고 적힌 지역에서 저절로 멈췄다. 여기는 다른 곳과 다르다.

아니, 역시 비슷한 사진이 꽤 있지만 나는 이곳을 알고 있다. 산의 모양새, 길의 커브, 호수의 크기, 밭의 배치. 뒤엉켜 있는 체육관의 운동화 속에서 왠지 자기 신발만큼은 기가 막히게 찾아내듯이 나는 자연스럽게 알 수 있다. 어릴 때, 매년 여름방학마다 놀러 가는 친척집 같은— 실제로 그런 경험은 없는데도 기묘하고 강렬한 기시감이 느껴졌다.

여기는—.

"타키?"

목소리에 눈을 돌리자, 선배가 내 옆에 있었다. 순간, 존재를 잊고 있었다.

타키 너, 라며, 가지런한 미소를 머금고 선배가 말했다.

"오늘은 왠지 다른 사람 같아."

빙그르르. 마치 모델처럼 아름다운 턴을 선보이더니 선배는 나를 두고 걷기 시작했다.

실패다.

오늘 하루, 나는 내키지 않는 숙제를 억지로 하듯, 미츠하가 짠 데이트 코스를 그저 둘러볼 뿐이었다. 스스로에 대한 변명거리만을 계속 찾고, 함께 있는 선배의 기분은 생각하지 못했다. 선배에게 데이트를 신청한 사람은 나(미츠하)인데. 사실은 나도 선배와 시간을 보낼 수 있어서 기뻤는데. 이런 기적 같은 하루가 언젠가 오기만을 계속 바라왔는데.

육교에서는 방금까지 있던 롯폰기의 빌딩숲이 훤히 내다보였다. 수많은 창이 저녁놀을 반사해서 금빛으로 빛나고 있었다. 말없이 걷는 선배의 등으로 나는 시선을 돌렸다.

윤기가 반짝반짝 흐르는 머리, 새것처럼 보이는 모자와 옷. 적어도 오늘만큼은 나에게 보여주기 위해 준비했을 것이다. 그런 생각이 들자 가슴이 아려왔다. 갑자기 산소가 희박해진 듯 숨쉬기 힘들어졌다. 수면을 향해 필사적으로 손을 뻗듯 나는 겨우 말을 건넸다.

"저, 선배."

오쿠데라 선배는 뒤돌아보지 않는다.

"……저기, 배고프지 않아요? 어디 가서 저녁 먹을까요?"

"오늘은 여기서 헤어지자."

선배가 상냥한 선생님 같은 말투로 그렇게 말했다.

"그럴까요."

나는 주저 없이 바보 같은 대답을 하고 말았다. 이제야 겨우 뒤를 돌아본 선배의 표정은 석양에 가려 보이지 않았다.

"타키는 말이야. ……아니라면 미안한데."

"네."

"전에 나를 좀 좋아하지 않았니?"

"네?"

어떻게 알았지? 어째서?

"그리고 지금은 마음에 다른 사람이 있지?"

"네에?"

열대우림에 순간 이동을 한 것처럼 땀이 흥건히 솟는다.

"어, 없어요!"

"진짜?"

"어, 없어요! 전혀 아니에요!"

"과연 그럴까?"

선배가 의심스러운 눈빛으로 얼굴을 들이밀었다. 다른 좋아하는 사람? 그런 것이 있을 리가 없잖아. 없을 거야. 단 한순간, 그 애의 긴 머리칼과 부드러운 가슴이 뇌리를 스쳤지만 금방 사라졌다.

"아님 됐어."

밝은 목소리로 시원스레 대답하고는 선배의 얼굴이 멀어져갔다.

"어?"

"오늘 정말 고마웠어. 그럼 가게에서 보자."

선배는 가볍게 손을 흔들더니 나를 남겨두고 거침없이 걸어갔다.

아차 싶어 입을 벌렸다 다물었다. 다시 한 번 벌렸다. 그래도 말이 나오지 않았다. 그러는 동안 선배의 뒷모습은 육교를 내려가 역 앞 인파에 섞여 사라졌다.

여름의 끄트머리에 홀로 남겨진 기분으로 나는 저녁놀을 바라보았다. 육교 아래로는 끊임없이 차가 지나다녔다. 가만히 듣고 있자니 왠지 강에 놓인 진짜 다리에 있는 기분이 들었다. 다용도 빌딩의 급수탑에 회중전등 같은 여리디여린 저녁놀이 숨어든다. 무언가를 되찾으려는 듯 나는 그 광경을 유심히 바라보고 있다.

달리 해야 할 일이 있을 것 같은 느낌은 들었지만 구체적으로는 아무것도 떠오르지 않았다. 그저 미츠하가 사는 마을에 빨리 다시 가고 싶었다. 미츠하가 되는 일은 미츠하와 이야기하는 것이기도 했다. 우리는 서로의 몸으로 뒤바뀌면서 동시에 특별히 이어져 있다. 경험을 교환한 것이다.

그렇게 이어진 것이다. 미츠하가 되면 오늘 있었던 일도 말할 수 있을 거라고 생각했다. 그래서 네가 인기가 없는 거라는 둥, 애초에 네가 마음대로 약속을 잡은 것이 잘못이라는 둥, 가벼운 말다툼을 하고 싶었다.

스마트폰의 메모를 열었다. 미츠하가 남긴 메모에 이어지는 부분이 있었다.

데이트가 끝날 무렵이면 마침 하늘에 혜성이 보이겠네.

캬~, 너무 로맨틱해. 내일이 기대돼♡

내가 되든 타키가 되든 데이트 잘하자!

혜성?

하늘을 올려다보았다. 노을은 이미 사라졌다. 일등성이 몇 개 떠 있고 제트기가 희미한 소리를 내며 날고 있을 뿐이다. 당연한 얘기지만 혜성 같은 것은 어디에도 없다.

"이 녀석 무슨 소리를 하는 거야?"

나는 작게 소리 내어 말했다. 애초에 육안으로 보이는 혜성이 온다면 꽤 큰 뉴스가 되었어야 한다. 미츠하가 뭔가 착각하고 있는 것일지도 모른다.

순간, 가슴 안쪽이 쑤시듯 아파왔다.

뭔가 머릿속에서 빠져나오고 싶어했다.

스마트폰을 열어 미츠하의 휴대전화 번호를 표시한다. 그 열한 자릿수의 숫자를 뚫어지게 들여다본다. 몸이 뒤바뀌기 시작했을 무렵, 몇 번이고 걸었지만 어째서인지 연결되지 않았던 번호. 그 번호를 손가락으로 터치한다. 발신음이 울린다. 그리고 스마트폰에서 목소리가 들린다.

지금 거신 번호는 없는 번호이거나, 전원이 꺼져 있거나, 전파가 닿지 않는…….

스마트폰을 귀에서 떼고 종료 버튼을 누른다.

역시 전화는 연결되지 않는다. 어쩔 수 없지. 참혹했던 오늘의 데이트 결과는 다음에 몸이 바뀌었을 때 전하면 된다. 혜성 이야기도 물어봐야지. 내일이나 모레, 어차피 또 바뀔 테니까. 나는 그렇게 생각하면서 육교를 내려왔다. 머리 위에는 멀겋게 옅은 반달이 누군가의 분실물처럼 덩그러니 놓여 있었다.

하지만 그날 이후 두 번 다시 나와 미츠하의 몸은 뒤바뀌지 않았다.

○ 제 4 장

탐방

분주히 연필을 움직인다.

탄소 입자가 종이 섬유에 흡착된다. 선이 겹치면서 흰색이던 스케치북이 점점 검게 변한다. 그런데도 기억 속 풍경은 아직 전부 되살아나지 않았다.

출근 러시를 뚫고 매일 아침 학교에 간다. 지루한 수업을 듣는다. 타카기, 츠카사와 도시락을 먹는다. 거리를 걷고 하늘을 올려다본다. 어느새 하늘이 조금 짙어졌다. 가로수가 조금씩 물들기 시작했다.

밤이 되면 방에서 그림을 그린다. 책상에는 도서관에서 빌려온 산악 도감이 잔뜩 쌓여 있다. 스마트폰으로 히다의 산맥을 검색한다. 기억 속 풍경과 일치하는 능선을 찾는다.

그것을 어떻게든 종이 위에 옮겨보려고 쉼 없이 연필을 움직인다.

아스팔트 냄새가 풍기는 비 내리는 날. 양떼구름이 빛나는 쾌청한 날. 황사가 섞인 강풍이 부는 날. 매일 아침 붐비는 전철을 타고 학교에 간다. 아르바이트도 다닌다. 오쿠데라 선배와 같이 일하는 날도 있다. 나는 가능한 한 그녀를 똑바로 보고 완벽한 미소를 지으며 평소처럼 이야기를 나눈다. 누구든 공평하게 대하고 싶다고 강하게 생각한다.

아직 한여름처럼 찌는 밤도 있고 쌀쌀해서 트레이닝복을 걸치는 밤도 있다. 어떤 밤이든 그림을 그리고 있노라면 머리가 담요로 둘둘 만 듯 뜨거워진다. 땀이 큰 소리를 내며 스케치북에 뚝뚝 떨어진다. 땀에 닿아 선이 번진다. 미츠하가 되어서 바라본 그 마을의 풍경이 그래도 조금씩 상을 맺기 시작한다.

방과 후 아르바이트를 마치고 나는 전철을 타지 않고 먼 거리를 걷는다. 도쿄의 풍경은 날마다 바뀐다. 신주쿠에서도, 가이엔(外苑)에서도, 요츠야에서도, 벤케이바시(弁慶橋) 끝에서도, 안친자카(安鎮坂) 중간에서도 정신을 차려보면 커다란 크레인이 줄지어 있고 철골과 유리가 조금씩 하늘로 뻗어 있다. 그 끝에는 반쯤 기운 희멀건 반달이 있다.

그리고 나는 간신히 호수 마을의 풍경화를 여러 장 완성했다.

이번 주말에 가는 거야.

그렇게 결심하자 굳어 있던 몸에서 오랜만에 힘이 빠져나가는 것을 느꼈다. 일어서기조차 힘겨워서 그대로 책상에 엎드렸다.

잠에 빠져들기 직전, 오늘도 강하게, 강하게 바랐다.

하지만 역시 미츠하가 되지는 못했다.

○ ○ ○ ○ ○ ○ ○ ○ ○ ○ ○ ○ ○ ○

우선 사흘 치 속옷과 스케치북을 배낭에 넣었다. 그곳은 조금 추울지도 모르니 큰 후드가 달린 두꺼운 점퍼를 걸쳤다. 언제나처럼 부적 삼아 미산가 팔찌를 손목에 두르고 집을 나섰다.

평소 학교 갈 때보다 이른 시간이어서인지 전철은 한산했다. 하지만 도쿄 역 구내는 역시 사람들로 붐볐다. 캐리어를 끄는 외국인 뒤에 줄을 서서 자동 매표기에서 우선 나고야(名古屋)까지 가는 신칸선 표를 끊고 도카이도 신칸선(東海道新幹線) 개찰구로 향했다.

순간 나는 내 눈을 의심했다.

"왜……. 왜 여기 있는 거예요?"

바로 눈앞 기둥 앞에 오쿠데라 선배와 츠카사가 나란히 서 있었다.

선배가 히죽 웃으며 말했다.

"후후후. 와 버렸지!"

……와 버렸다니, 애니메이션 주인공이 할 법한 등장 장면의 대사 같다.

나는 츠카사를 노려보았다. 무슨 문제 있냐는 듯 아무렇지 않은 얼굴로 녀석은 나를 보았다.

"츠카사 이 자식, 나는 분명 아버지께 알리바이 대주는 거하고 알바 대타만 부탁했잖아?"

나는 옆자리에 앉은 츠카사에게 목소리를 낮춰 항의했다. 신칸선 자유석 칸은 양복 차림의 샐러리맨으로 가득 차 있었다.

"알바는 타카기한테 부탁했어."

츠카사는 시원스레 대답하고는 스마트폰을 들어 보여주었다.

『나만 믿어!』

스마트폰 화면 안에서 타카기가 시원스럽게 말하더니 엄지손가락을 세워 보이고 있다.

『그래도 나중에 밥 사.』

동영상 속 타카기의 마지막 당부였다.

"이것들이 진짜……."

나는 괴롭게 중얼거렸다. 츠카사에게 부탁한 것이 실수였다. 나는 오늘만 학교를 빠지고, 금, 토, 일 사흘간 히다에 다녀올 생각이었다. 꼭 만나야 할 사람이 있으니 아무것도 묻지 말고 나 없는 동안 대신 말 좀 잘해달라고, 나는 어제 츠카사에게 머리를 조아렸다.

"네가 걱정돼서 왔어."

조금도 미안한 기색 없이 츠카사가 말했다.

"보고만 있을 수 있냐? 꽃뱀일지도 모르는데 어떻게 혼자 보내?"

"꽃뱀?"

이 자식은, 무슨 소리를 하는 거야? 인상을 찡그리는 나를, 안쪽에 앉은 오쿠데라 선배가 고개를 빼고 쳐다보았다.

"타키, 채팅 친구 만나러 가는 거라며?"

"네에? 채팅 친구라기보다는, 그건 그냥 임시방편으로 둘러댄……."

어젯밤, 누구를 만나러 가느냐고 끝까지 물고 늘어지는 츠카사에게 SNS로 알게 된 사람이라고 대충 대답했던 것이다. 츠카사가 심각한 말투로 선배에게 말했다.

"사실은 만남 사이트 같은 거겠죠."

나는 마시던 차를 뿜을 뻔했다.

"그런 거 아니거든!"

"너 요즘 좀 위태위태해 보여서 말이야."

츠카사가 포키 과자를 내밀면서 걱정스러운 표정을 지었다.

"멀리 떨어져서 지켜봐줄 테니까."

"내가 어린애냐!"

버럭 화내는 나를 오쿠데라 선배가 '다 안다니까' 하는 표정으로 쳐다보고 있었다. 선배도 오해하고 있는 것이 분명하다. 나는 앞일이 걱정되어 마음이 어두워졌다.

『우리 열차는 잠시 후 나고야…….』

그때 정차 역을 알리는 차내 방송이 느릿느릿 흘러나왔다.

미츠하와 몸이 바뀌는 일은 어느 날 갑자기 시작되어 어느 날 갑자기 끝났다. 아무리 생각해도 이유는 알 수 없었다. 그렇게 몇 주가 흐르는 동안, 그것은 그저 생생한 꿈일 뿐인지도 모른다는 의심이 점점 커졌다.

하지만 증거가 있다. 스마트폰에 남겨진 미츠하의 일기는, 도저히 내 머릿속에서 나온 말이라고는 생각할 수 없었다. 오쿠데라 선배와 데이트라니, 내가 내 자신이었다면 일어날 수 없는 일이다. 미츠하는 분명 실존하는 소녀다. 그 녀석의 체온, 심장 뛰는 소리, 숨소리, 목소리, 눈꺼풀을 통과하는 선명한 빨강, 고막에 닿는 생생한 파장. 그 모든 것을 나는 분명 느꼈다. 그 녀석이 살아 있지 않다면 이 세상에 살아 있는 것은 아무것도 없을 것이다. 그 정도로 그것은 생명 그 자체였다. 미츠하는 현실이었다.

그래서 몸이 뒤바뀌는 일이 갑자기 뚝 끊겨버린 것이 나는 내심 불안했다. 미츠하에게 무슨 일이 일어난 건지도 모른다. 열이 났다든가, 혹시 사고가 났다든가. 그건 억측이라 치자. 하지만 적어도 미츠하도 나처럼 이 상황을 불안하게 여기고 있을 것이다. 그래서 나는 직접 만나러 가기로 했다. 그런데―.

"뭐? 자세한 장소를 모른다고?"

특급 열차 '히다'의 네 명이 마주 보며 앉는 좌석에서 시판 도시락을 먹으며 오쿠데라 선배가 기가 차다는 듯 말했다.

"네."

"단서는 마을 풍경뿐이라고? 심지어 그 애랑 연락도 안 된다고? 그게 뭐야?"

마음대로 따라온 사람이 누군데 왜 혼까지 내는 건지. 너 뭐라고 말 좀 해봐 하는 마음으로 츠카사를 쳐다봤다. 츠카사는 된장 돈가스를 삼키고는 말했다.

"여행 가이드가 영 엉터리네."

"나 가이드 아니거든!"

나도 모르게 버럭 소리를 질렀다. 이 사람들 완전히 소풍 온 거잖아. 그런 나를 선배와 츠카사는 '한심하네' 하는 표정으로 바라보고 있었다. 아니, 그보다 왜 나를 무시하는 거야?

"아무튼, 좋아."

오쿠데라 선배는 그렇게 말하고 갑자기 웃음을 띠며 가슴을 폈다.

"안심해, 타키. 우리가 함께 찾아줄 테니."

"어머, 귀여워! 타키, 이것 좀 봐!"

점심이 지나서야 겨우 탄 지방선 전철역에서 지방 홍보용 마스코트를 보고 오쿠데라 선배가 새된 목소리로 소리를 질렀다. 역무원 모자를 쓴, 히다 지방 특산품 소고기 인형이었다. 작은 역사에는 츠카사가 스마트폰으로 사진 찍는 셔터 음이 가득 울려 퍼졌다.

"방해만 되잖아……."

나는 역사에 게시된 마을 지도를 노려보면서 이 사람들은 절대 도움이 되지 않을 것이라 깊이 확신했다. 혼자서 어떻게든 찾아내야 한다.

계획은 이렇다.

미츠하가 사는 마을의 구체적인 장소는 모르기 때문에,

기억에 있는 풍경을 바탕으로 이 정도면 근처겠지 싶은 장소까지 전철로 간다. 그곳부터는 내가 그린 풍경 스케치만이 단서다. 스케치를 동네 사람들에게 보여주고 혹시 아는 곳이냐고 물어보면서 지방선을 따라 조금씩 북상하는 것이다. 기억 속 풍경에는 철도 건널목도 있었으니 철도를 따라 찾아보는 것이 효과적이리라. 계획이라 부르기도 민망한 막연한 방법이지만 이것 말고는 달리 수도 없었다. 게다가 호수가 있는 마을이 그렇게까지 넘쳐나지는 않을 것이다. 밤까지는 무슨 힌트라도 얻을 수 있지 않을까 싶었다. 근거는 없지만 자신은 있었다. 나는 기합을 넣고 우선은 역 앞에 딱 한 대 서 있는 택시 운전기사에게 말을 걸기 위해 크게 한 발을 내딛었다.

"……역시 너무 무모한가."

버스 정류장에 걸터앉아 나는 깊이 고개를 숙였다.

처음에 넘쳐났던 그 자신감은 온데간데없이 사라져버렸다.

맨 처음 택시 운전기사가 매정하게 "음, 모르겠는데"라고 고개를 저은 후, 지구대, 편의점, 기념품 가게, 민박집,

식당, 농가에서 초등학생에 이르기까지 닥치는 대로 물었지만 성과는 전혀 없었다. 지방선 열차도 낮 동안에는 두 시간에 한 대밖에 다니지 않아서 이동이 좀처럼 쉽지 않았다. 그러면 버스에서 물어보자고 용감하게 올라탔건만 승객이 우리뿐이었다. 운전기사에게라도 물어볼 마음조차 들지 않았다. 종점 버스 정류장은 둘러본 바로는 인가가 없는 산간 벽지였다. 그러는 동안 쭉, 츠카사와 오쿠데라 선배는 끝말잇기나 카드놀이, 소셜 게임, 가위바위보를 하고 간식을 먹으며 즐겁게 소풍을 만끽했다. 심지어 버스 안에서는 내 양쪽 어깨에 기대 둘 다 기분 좋게 잠까지 잤다.

내 한숨을 듣더니 버스 정류장 앞에서 콜라를 꿀꺽꿀꺽 마시던 선배와 츠카사가 한 목소리로 말했다.

"아니! 포기하는 거야, 타키?"

"우리들 노력은 뭐가 되는 거야!"

후유! 나는 폐 전체를 이용해 흘러넘칠 듯 깊은 한숨을 쉬었다. 묘하게 기합이 들어간 오쿠데라 선배의 본격 등산 패션과 그것과는 대조적으로 근처에 산책 나온 듯한 츠카사의 지극히 평범한 치노 팬츠 차림이 이제 와서 무척 거슬렸다.

"너희들, 손톱만큼도 도움이 안 되잖아……."

어머, 그럴 리가? 라는 듯 순진한 표정을 짓는 두 사람이었다.

저는 타카야마라멘 하나요.

나는 타카야마라멘 하나.

아, 그럼 저도 타카야마라멘 하나 주세요.

"알겠습니다. 라멘 세 개!"

아주머니의 활기찬 목소리가 가게 안에 울려 퍼졌다.

이상하리만치 먼 다음 역까지 불모지 같은 길을 걷다가 기적처럼 영업 중인 라멘 가게를 발견하고는 일단 박차고 들어온 것이다. 어서 오세요 하고 인사하는 삼각두건을 쓴 아주머니의 미소가 조난 중에 겨우 만난 구조대원처럼 빛났다.

라멘도 맛있었다. 지극히 평범한 라멘이었지만(히다산 소고기라도 얹어주나 했더니 차슈였다), 면도, 채소도 입에 들어가자마자 몸이 충전되는 느낌이었다. 나는 국물도 남김없이 들이켜고 컵에 물을 따라 두 번 마시고서야 겨우 숨을 돌렸다.

"오늘 중으로 도쿄에 돌아갈 수 있을까?"

나는 츠카사에게 물어봤다.

"음, 글쎄. 좀 아슬아슬할 것 같은데. 알아볼까?"

의외네 하는 얼굴로 츠카사가 말했지만 그래도 스마트폰을 꺼내 돌아가는 길을 알아보기 시작했다. 고맙다고 나는 말했다.

"타키, 정말 이대로 괜찮겠어?"

아직 라멘을 다 먹지 않은 선배가 테이블 건너편에서 나에게 물었다. 어떻게 대답해야 할지 도무지 감이 잡히질 않아서 나는 창밖으로 시선을 던졌다. 간신히 산 끝에 걸린 해가 큰 도로를 따라 난 밭을 평화롭게 비추고 있었다.

"뭐랄까, 완전히 방향을 잘못 잡은 것 같아요."

반쯤은 스스로를 향해 나는 중얼거렸다. 도쿄로 돌아가서 다시 한 번 작전을 짜는 것이 나을지도 모른다. 사진이라면 몰라도 이런 스케치를 보고 마을을 찾아내는 것은 역시 무리다. 다시금 스케치북을 손에 들고 바라보자 그런 생각이 들었다. 둥근 호수를 중심으로 드문드문 평범한 민가가 있는 지극히 평범한 시골 마을. 다 그렸을 때 가슴을 꽉 채우던 뿌듯함은 온데간데없고 지금은 이름 모를 그저 평범한 풍경으로만 보였다.

"그거 옛날 이토모리 아니야?"

네? 내가 고개를 돌리자 아주머니의 앞치마가 눈에 들어왔다. 빈 컵에 물을 따라주고 있었다.

"총각이 그렸어? 저기, 잠깐 봐도 돼?"

그렇게 말하고는 내 스케치북을 가져갔다.

"잘 그렸네. 여보, 이것 좀 봐요!"

우리 셋은 주방을 향해 목소리를 높이는 아주머니를 입을 벌린 채 바라보았다.

"아, 정말 예전 이토모리다. 옛날 생각나네."

"우리 바깥양반이 이토모리 출신이거든."

주방에서 나온 라멘 가게 아저씨가 눈을 가늘게 뜨고 스케치북을 뚫어지게 들여다봤다.

—이토모리?

불현듯 떠올랐다. 나는 의자에서 벌떡 일어났다.

"이토모리. 이토모리 마을! 맞아. 왜 기억을 못했을까. 이토모리 마을 맞아요! 거기 이 근처죠?"

부부는 이상한 표정을 짓더니, 의아하다는 듯 서로를 마주 보았다. 아저씨가 입을 열었다.

"자네, 알 텐데. 이토모리 마을은……."

갑자기 츠카사가 큰 소리로 나에게 말했다.

"이토모리…… 타키, 너 설마?"

"아, 거긴 그, 혜성이 근접했던 날……?"

오쿠데라 선배까지 그렇게 말하며 나를 보았다.

"응……?"

영문을 몰라서 나는 모두를 둘러보았다. 그들은 수상쩍은 표정으로 나를 쳐다보았다. 머릿속에서 계속 나오고 싶어했던 그림자가 수런수런 불길한 기운을 드리웠다.

오싹할 정도로 썰렁하다. 솔개 우는 소리가 대기 중으로 길게 뻗어나간다.

끝없이 이어진 진입 금지 바리케이드가 깨진 아스팔트에 긴 그림자를 드리웠다.

재해 대책 기본법에 의거, 여기서부터는 출입 금지. KEEP OUT. 재해 복구청. 담쟁이가 기어오르기 시작한 간판에 이런 글자가 줄줄이 쓰여 있다.

그리고 내 눈앞에는 거대한 힘에 의해 갈기갈기 찢긴 채 대부분 호수에 잠겨버린 이토모리 마을이 있었다.

"타키, 정말 여기 맞아?"

뒤에서 걸어오던 선배가 떨리는 목소리로 내게 물었다. 내 대답을 기다리지도 않고 츠카사가 유난히 밝은 목소리로 대답했다.

"설마요! 아까부터 말했듯이 타키가 착각한 거라니까요."

"……아니, 틀림없어."

나는 눈앞에 펼쳐진 폐허에서 시선을 돌려 내 주변을 빙 둘러보며 말했다.

"마을뿐 아니야. 이 운동장, 주변의 산, 이 고등학교. 확실히 기억난다고!"

나 자신에게 들려주기 위해 큰 목소리로 외쳤다. 내 뒤에는 검게 그을리고 창문 여기저기가 깨진 학교 건물이 있었다. 나는 호수가 한눈에 내려다보이는 이토모리 고등학교 교정에 서 있다.

"그러면 여기가 네가 찾던 마을이라는 얘기야? 네 채팅 친구가 사는 마을이라고?"

메마른 웃음을 띠면서 츠카사가 소리쳤다.

"그럴 리 없잖아! 3년 전에 몇 백 명이나 죽은 그 재해, 너도 기억하잖아!"

나는 그 말을 듣고서야 겨우 츠카사의 얼굴을 보았다.

"……죽었어?"

얼굴을 본다고 생각했는데 내 시선은 츠카사를 스쳐 지나가고 그 뒤에 있는 고등학교도 스쳐서 어딘가로 빨려 들어가 버린다. 분명 무언가를 보고 있을 텐데 내 눈에는 아무것도 비치지 않았다.

"……3년 전에, 죽었다고?"

문득 나는 떠올렸다.

3년 전 도쿄에서 본 혜성. 서쪽 하늘에 떨어져가는 무수한 유성. 꿈의 풍경처럼 아름답다고 생각했던 반짝임.

그때 죽었다고?

—말도 안 돼.

인정하면 안 돼.

나는 말을 고른다. 증거를 찾는다.

"설마……. 여기 그 녀석이 쓴 일기들도 확실히 남아 있고."

나는 호주머니에서 스마트폰을 꺼낸다. 꾸물거리면 배터리가 영원히 나가버릴 것만 같다는, 그런 의미 없는 망상에 쫓기며, 초조하게 미츠하의 일기를 불러온다. 일기는 분명 거기에 있었다.

"……!"

나는 거칠게 눈을 비빈다. 순간, 일기의 글자가 꿈틀 움직이는 기분이 들었던 것이다.

"……이 무슨."

한 글자, 또 한 글자.

미츠하가 쓴 문장이 뜻을 알 수 없는 글자로 변해간다. 이윽고 촛불처럼 한순간 깜박이다 사라진다. 그렇게 미츠하의 일기가 하나하나 지워져간다. 마치 눈에 보이지 않는 누군가의 손이 삭제 아이콘을 계속 누르듯이. 그리고 내가 보고 있는 눈앞에서 미츠하의 문장은 모두 지워져 버린다.

"어째서……."

작게 읊조린다. 멀리서 솔개가 또 한 번 새된 목소리로 운다.

1,200년 주기로 태양을 공전하는 티아마트 혜성. 그것이 지구에 가장 근접한 것이 3년 전 10월, 딱 이맘때쯤이었다. 76년에 한 번 찾아오는 핼리 혜성과는 비교할 수 없을 정도로 긴 주기로, 궤도장 반경이 168억km가 넘는 장대한 규

모의 혜성. 심지어 예상되는 근지점은 약 12만km, 즉 달보다 가깝게 통과한다고 했다. 1,200년 만에 푸르게 빛나는 혜성의 꼬리가 밤하늘을 반구에 걸쳐 길게 뒤덮을 것이라고 했다. 티아마트 혜성은 세계적인 축제 분위기 속에서 찾아왔다. 하지만 그 핵이 지구 근처에서 폭발하리라고는, 그 순간까지 누구도 예상하지 못했다. 심지어 얼음으로 뒤덮인 그 내부에는 직경 약 40m의 암석이 숨어 있었다. 혜성의 파편은 운석이 되어 초속 30km가 넘는 파괴적인 스피드로 지표에 낙하했다. 떨어진 지점은 일본, 그곳은 불행하게도 인간의 거주지인 이토모리 마을이었다.

마을은 그날부터 마침 가을 축제 기간이었다. 낙하 시각은 20시 42분. 충돌 지점은 축제의 포장마차로 북적거렸을 미야미즈 신사 부근.

운석 낙하로 인해 신사를 중심으로 광범위한 부분이 순식간에 괴멸되었다. 가옥이나 삼림 파괴뿐 아니라 충격에 의해 지표가 크게 움푹 파여 직경이 거의 1km에 달하는 크레이터가 생겨났다. 또한 5km 떨어진 지점에서 1초 후에는 규모 4.8의 지진이 발생했고, 15초 후에는 폭풍이 휘몰아쳐서 마을의 광범위한 지역이 엄청난 피해를 입었다. 최종 희생자는 500명 이상에 달했다. 그것은 마을 인구의 3분의 1에 해당하는 숫자였다. 이토모리는 인류 역사상 최악이라 할 수 있는 운석 재해의 무대가 된 것이다.

크레이터는 원래 있던 이토모리 호수에 인접해서 형성되었기 때문에 내부에 물이 흘러들어 최종적으로는 하나의 조롱박 형태의 신(新) 이토모리 호수가 되었다.

마을 남쪽은 비교적 피해가 적었지만 피해를 간신히 모면한 약 천 명의 주민도 그 후로 마을을 끊임없이 빠져나갔다. 재해 후 1년이 채 되지 않아 이토모리는 지자체로서 유지가 어려워졌다. 운석 낙하 14개월 후, 이토모리는 명실상부 소멸되었다.

—이것은 이미 교과서적 사실이므로 물론 나도 대충은 알고 있었다. 3년 전, 나는 중학생이었다. 근처의 높은 지대에서 티아마트 혜성을 직접 본 것도 기억하고 있다.

그런데 이상하다.

앞뒤가 맞지 않는다.

나는 바로 지난달까지 몇 번이고 미츠하가 되어 이토모리 마을에서 살았기 때문이다.

그러니 내가 본 것은, 미츠하가 사는 곳은, 이토모리가 아니다.

미츠하와 뒤바뀐 일과 티아마트 혜성은 아무런 상관이 없다.

그렇게 생각하는 것이 자연스러웠다. 그렇게 생각하고 싶었다.

하지만 이토모리 근처에 있는 시립 도서관에서 책장을 넘기면서 나는 어쩔 수 없이 혼란스러웠다. 아까부터 머릿속에서, 네가 살았던 곳은 여기라고 누군가가 계속 속삭이고 있다.

「사라진 마을 이토모리 그 모든 기록」

「하룻밤에 물속에 잠겨버린 마을 이토모리」

「티아마트 혜성의 비극」

나는 그런 제목이 붙은 두꺼운 책을 가져다 닥치는 대로 책장을 넘겼다. 이 책들에 실려 있는 지난날의 이토모리 사진은 보고 또 봐도 내가 지내던 곳이었다. 이 초등학교는 요츠하가 다니던 건물. 미야미즈 신사는 할머니가 신관을 지낸 그 신사다. 이 휑뎅그렁한 주차장도, 두 곳 나란히 있던 술집도, 헛간 같은 편의점도, 산길의 작은 건널목도, 물론 이토모리 고등학교도. 이제는 모든 것이 선명하게 떠올랐다. 폐허가 된 마을을 내 눈으로 본 후로는 오히려 기억이 선명해졌다.

숨이 막혀왔다. 심장이 불규칙적으로 두방망이질 치고 진정되지 않았다. 선명한 몇 장의 사진에 현실감과 공기가 소리 없이 빨려 들어가는 듯한 기분이 들었다.

〈이토모리 고등학교 마지막 체육대회〉

그렇게 제목이 붙은 사진이 보였다. 2인3각 달리기를 하고 있는 고등학생들. 그 끝에 있는 이 두 사람을 나는 본 적이 있는 것 같다. 한 사람은 앞머리를 일자로 자르고 뒷머리를 땋았다. 또 한 명은 오렌지색 끈으로 머리를 묶은 소녀.

공기가 더 희박해진다.

뒷덜미에 뜨거운 피가 주르륵 흐르는 기분이 들어서 손으로 닦아냈다. 하지만 그것은 투명한 땀이었다.

"타키."

고개를 들자 츠카사와 오쿠데라 선배가 서 있었다. 두 사람은 나에게 책 한 권을 내밀었다. 두꺼운 표지에 금박으로 새겨진 육중한 서체로 '이토모리 혜성 재해 희생자 명단'이라고 쓰여 있었다. 나는 페이지를 넘겼다. 희생자 이름과

주소가 지구별로 실려 있었다. 손가락으로 책장을 더듬으며 찾아내려갔다. 페이지를 넘겼다. 이윽고 익숙한 이름에서 손가락이 멈췄다.

테시가와라 카츠히코 (17)

나토리 사야카 (17)

"테시가와라와 사야……."

내가 중얼거리자 츠카사와 선배도 숨을 삼키는 듯했다.

그리고 나는 결정적인 이름을 발견하고야 말았다.

미야미즈 히토하 (82)

미야미즈 미츠하 (17)

미야미즈 요츠하 (9)

두 사람이 내 뒤에서 명부를 들여다봤다.

"이 애야? 분명 뭘 착각한 걸 거야! 왜냐하면 이 사람은……."

오쿠데라 선배가 울음을 터뜨릴 것 같은 목소리로 말했다.

"3년 전에 죽었다잖아."

나는 그 말을 물리치기 위해 큰 소리로 절규했다.

"바로 2, 3주 전까지만 해도!"

숨이 막혔다. 필사적으로 숨을 들이마시고, 말을 이었다. 이번에는 속삭임이 되어 나왔다.

"혜성이 보이겠지, 라고 말했다고요."

'미츠하'라는 글자에서 몇 번이고 억지로 눈을 돌리며 나는 말했다.

"그러니까……!"

고개를 들자 눈앞의 검은 창문에 내 얼굴이 비쳤다. 너는 누구냐. 갑자기 그런 생각이 밀려들었다. 머릿속 저 멀리에서 쉰 목소리가 들린다. 너 지금—.

너 지금, 꿈을 꾸고 있구나?

꿈? 나는 너무나 혼란스럽다.

나는,

대체,

무엇을 하고 있는 거지?

○ ○ ○ ○ ○ ○ ○ ○ ○ ○ ○ ○

옆방에서 왁자지껄하는 소리가 들렸다.

누군가가 뭔가를 말하면 와르르 웃음소리가 피어오르고 장대비처럼 박수가 울려 퍼졌다. 아까부터 그것이 반복된다. 무슨 모임일까 싶어서 귀를 기울여보았다. 하지만 아무리 들어도 단어가 하나도 들리지 않았다. 알 수 있는 것은 그저 일본어로 말한다는 것뿐이다.

쿵! 하고 큰 소리가 나서 정신을 차리고 보니 나는 책상 위에 엎드려 있었다. 이마를 부딪친 건지 둔탁한 통증이 늦게 찾아왔다. 완전히 기진맥진했다.

당시 신문의 축쇄판이나 예전 주간지 등을 아무리 읽어도 더는 글자가 머릿속에 들어오지 않았다. 스마트폰을 몇 번이고 확인해보았지만 그 녀석의 일기는 하나도 없었다. 흔적이 말끔히 사라져버렸다.

엎드린 채 눈을 떴다. 몇 밀리미터 앞에 있는 책상을 노려보면서, 지난 몇 시간의 결론을 입으로 되뇌어본다.

"전부, 그저 꿈이고……."

나는 그것을 믿고 싶은 것인가, 믿고 싶지 않은 것인가.

"풍경이 익숙했던 건, 3년 전 뉴스를 무의식적으로 기억하고 있었기 때문이야. 그리고 그 녀석의 존재는……."

그 너식의 존재는 뭐지?

"……유령? 아니, 전부……."

전부 나의,

"……망상?"

깜짝 놀라 고개를 들었다.

뭔가가 지워졌다.

—그 녀석의,

"……그 녀석의 이름, 뭐였지?"

똑똑.

갑자기 노크 소리가 들리고 얇은 나무문이 열렸다.

"츠카사는 목욕 좀 하고 온대."

그렇게 말하면서 여관의 유카타를 입은 선배가 들어왔다. 썰렁했던 방의 공기가 갑자기 부드러워졌다. 나는 매우 안심이 되었다.

"저기, 선배."

의자에서 일어나, 배낭 앞에 쭈그려 앉아 있는 선배에게 말을 걸었다.

“저, 하루 종일 뭔가 이상한 소리만 해서……. 오늘 하루 죄송했어요.”

무언가를 조심히 봉인하듯이 배낭의 지퍼를 닫고 선배가 일어섰다. 그것이 왠지 슬로모션처럼 보였다.

“……아니야.”

그렇게 말하더니 엷은 미소를 띠며 선배는 고개를 흔들었다.

“방 하나밖에 못 구해서 죄송해요.”

“츠카사도 아래층에서 그러더라.”

그렇게 말하고 선배는 이상하다는 듯 웃었다. 우리는 창 쪽의 작은 테이블에 마주 앉았다.

“나는 아무렇지 않아. 오늘 밤은 우연히 단체 손님이 들어와서 방이 없다고 하잖아. 교원 조합 친목회라고 여관 주인 아저씨가 그러던데?”

그리고 목욕 후 휴게실에서 배를 얻어먹었다며 즐거운 듯 선배는 말했다. 누구든 이 사람을 만나면 무엇이든 주고 싶은 마음에 사로잡힐 것이다. 여관에 비치되어 있던 샴푸 냄새가 먼 외국의 특별한 향수처럼 코끝을 간질였다.

"우와, 이토모리는 실매듭의 산지이기도 했대. 예쁘다."

선배는 이토모리의 향토 자료집을 넘기면서 말했다. 내가 도서관에서 빌려온 책 중 하나다.

"우리 엄마가 가끔 기모노를 입으니까 우리 집에도 몇 개 있거든. 아, 저기."

나는 찻잔을 든 손을 멈췄다. 선배가 내 오른쪽 손목을 보고 있었다.

"타키가 두르고 있는 그것도, 혹시 실매듭이야?"

"아, 이건……."

찻잔을 테이블 위에 내려놓고 내 손목을 바라본다. 언제나 차고 있는 부적. 실이라기보다는 좀 더 두꺼운, 선명한 오렌지색 끈이 손목에 감겨 있다.

……어라?

이것은, 분명—.

"분명, 아주 오래전에, 누군가한테서 받아서……. 부적처럼 가끔 차는데……."

머릿속이 다시 쑤신다.

"누구한테서……?"

나는 혼잣말을 했다. 기억이 나지 않았다.

하지만 이 끈을 되짚어가면 무언가를 찾을 수 있을 거란 생각이 들었다.

"……저, 타키도."

다정한 목소리에 고개를 들자 선배의 걱정스러운 얼굴이 눈에 들어왔다.

"목욕탕 다녀오지, 그래?"

"목욕……. 네……."

하지만 나는 금방 선배에게서 눈길을 돌려 다시 실매듭을 바라보았다. 여기에서 손을 놓아버리면 영원히 닿지 못한다. 그런 마음으로 나는 필사적으로 기억을 더듬었다. 어느샌가 친목회는 끝난 뒤였다. 가을벌레 소리가 조용히 방 안을 가득 채웠다.

"……저, 실매듭을 만드는 사람에게서 들은 적이 있어요."

저건 누구 목소리지? 부드럽고 쉬었지만 따뜻한, 옛날이야기를 들려주는 것만 같은.

"실매듭은 시간의 흐름 그 자체라고. 꼬고 뭉치고 되돌리고 이어서. 그게 시간이라고. 그게……."

가을 산. 호수 소리. 시냇물 냄새. 달콤한 보리차의 맛.

"그것이 무스비―."

튕겨나가듯 머릿속에 풍경이 펼쳐졌다.

산 위의 신체. 그곳에 봉납한 그 술.

"거기에 가면……!"

나는 잔뜩 쌓여 있는 책 밑에서 지도를 꺼내 펼쳤다. 개인 상점에서 먼지를 뒤집어쓰고 있던 3년 전 이토모리의 지도. 아직 호수가 하나였을 때의 지형. 술을 봉납했던 그 장소는 운석 피해 범위에서 훨씬 벗어난 곳일 터이다.

그 장소까지 가면. 그곳에 그 술만 있으면.

나는 연필을 집어 들고 비슷한 지형을 찾았다. 신사에서 북쪽으로 쭉 올라간 곳에 칼데라 모양의 지형이 있었다. 그런 장소가 없는지 필사적으로 찾았다.

아득히 선배의 목소리가 들리는 것도 같았지만 나는 도저히 지도에서 눈을 뗄 수가 없었다.

……타키. ……타키.

누군가 이름을 부른다. 여자 목소리다.

"타키, 타키."

울음을 터뜨릴 듯한 절실한 목소리. 머나먼 별의 깜박임 같은, 쓸쓸하게 흔들리는 목소리.

"나, 기억 안 나니?"

그때 잠에서 깼다.

……맞다. 여기는 여관이다. 나는 창가 테이블에 엎드려 잠들었던 것이다. 미닫이문 저쪽으로 이불 속에서 잠들어 있는 츠카사와 선배의 실루엣이 보였다. 방은 이상하리만치 고요했다. 벌레 소리도, 차 소리도 나지 않았다. 바람도 불지 않았다.

나는 몸을 일으켰다. 천끼리 스치는 소리가 놀랄 정도로 크게 들렸다. 창밖은 희미한 흰색을 띠기 시작했다.

나는 손목의 실매듭을 보았다. 아까 들린 여자 목소리. 그 잔향이 아직 엷게 고막에 남아 있다.

—너는, 누구지?

이름 모를 소녀에게 질문을 던진다. 당연히 대답은 없다.

그래도 뭐, 괜찮다.

오쿠데라 선배, 츠카사에게

아무래도 가보고 싶은 곳이 있어서요.

먼저 도쿄로 돌아가세요. 멋대로 행동해서 죄송합니다. 나중에 꼭 돌아갈게요.

고마워요. 타키

메모를 남기고, 조금 생각한 후 지갑에서 5,000엔짜리 지폐를 꺼내 메모와 함께 찻잔 아래 두었다.

아직 만난 적 없는 너를, 지금부터 나는 찾으러 간다.

ㅇ ㅇ ㅇ ㅇ ㅇ ㅇ ㅇ ㅇ ㅇ ㅇ ㅇ ㅇ

말이 없고 무뚝뚝하지만 무척 친절한 사람이다. 나는 옆에서 핸들을 잡고 있는 힘줄이 툭툭 불거진 손을 보면서 그렇게 생각했다.

어제 우리를 이토모리 고등학교까지 데려다준 것도, 시립 도서관까지 데려다주고 데리러 온 사람도 이 라멘 가게 아저씨. 오늘 아침 이른 시간에 전화를 걸었는데도 순순히 부탁을 들어주었다. 안 되면 히치하이킹을 할 생각이었지만 지금 생각해보니 아무도 살지 않는 폐허가 된 마을까지 데려다줄 사람은 아마 없을 것이다. 그러니 히다에서 이 아저씨를 만난 것은 정말 행운이었다.

조수석 창문으로 신 이토모리 호수의 초목이 내려다보였다. 반파된 민가나 끊긴 아스팔트가 물에 잠겨 있었다. 호수의 꽤 깊이 들어간 쪽까지도 전봇대나 철골이 튀어나와 있었다. 이상한 풍경이어야 하는데 텔레비전이나 사진으로 봐서 익숙해진 탓인지 여기는 처음부터 그런 장소라는 느낌이 들었다. 그래서 눈앞에 있는 이 풍경을 두고 무슨 생각을 하면 좋을지— 화를 내야 할지, 슬퍼해야 할지, 두려워해야 할지, 아니면 내 무력함을 한심해해야 할지, 알 수가 없었다. 한 마을이 사라진다는 것은 아마도 보통 사람의 이해를 넘어선 현상이리라. 나는 풍경에서 의미를 찾는 것을 그만두고 하늘을 올려다보았다. 하느님이 놓아둔 거대한 뚜껑처럼 잿빛 구름이 머리 위에 걸려 있었다.

호수를 따라 북상하다가 차로는 더 이상 올라갈 수 없을 것 같은 곳에 이르자 아저씨는 사이드브레이크를 올렸다.

"한바탕 비가 오겠구먼."

차 앞유리 너머를 올려다보더니 나직이 중얼거렸다.

"여기는 그렇게 험한 산은 아니지만 그래도 무리하면 안 돼. 무슨 일 있으면 반드시 전화해."

"네."

"그리고 이거."

그렇게 말하며 커다란 도시락 통을 들이밀 듯 내밀었다.

"올라가서 먹어."

나도 모르게 양손으로 받아들었다. 묵직하다.

"고, 고맙습니다."

하나부터 열까지. 왜 나 같은 사람에게 이렇게 친절하게. 아, 맞다. 라멘 진짜 맛있었어요. 그렇게 머릿속에서 맴돌던 말은 정작 입에서는 나오지 않아서 기어들어가는 목소리로, 폐를 끼쳐 죄송하다고 말한 것이 전부였다. 아저씨는 아주 조금 눈을 가늘게 뜨더니 담배를 꺼내 불을 붙였다.

"네 사정은 잘 모르겠지만."

그렇게 말하더니 연기를 내뿜었다.

"네가 그린 이토모리, 그거 참 좋았어."

갑자기 가슴이 저려왔다. 멀리서 천둥소리가 작게 들렸다.

짐승이 다니는 길처럼 험한 참배로를 걷는다.

이따금 멈춰 서서 지도에 표시해놓은 목적지와 스마트폰

의 GPS를 맞춰보았다. 괜찮아, 제대로 가고 있어. 주변 풍경도 어딘가 본 적 있는 기분이 들었지만 꿈속에서 딱 한 번 오른 산이다. 그렇게까지 정확하지는 않다. 그래서 일단 지도에 의지하는 수밖에 없었다.

차에서 내린 후, 아저씨가 시야에서 사라질 때까지 나는 거듭 머리를 숙였다. 그러고 있으니 츠카사와 오쿠데라 선배의 얼굴도 떠올랐다. 결국 아저씨도, 그 두 사람도 내가 걱정돼서 이런 곳까지 같이 와준 것이다. 나는 분명 어지간히 심각한 얼굴을 하고 있었을 것이다. 아마도 계속 울상이었을 테지. 내버려두고 싶어도 그게 되지 않을 정도로 분명 형편없이 약해져 있었던 거다.

—언제까지고 이런 얼굴로 지낼 수는 없어. 누군가 내미는 손에 계속 기대고만 있을 수는 없어.

나무들 사이로 보이기 시작한 신 이토모리 호수를 바라보면서 나는 강하게 생각했다. 갑자기 굵은 빗방울이 얼굴에 닿았다. 툭, 툭, 툭. 주변 나뭇잎이 소리를 내기 시작했다. 나는 후드를 쓰고 내달렸다.

소나기가 흙을 씻어 내릴 기세로 쏟아졌다.

기온이 비에 빨려 들어가며 쭉쭉 내려가는 것이 피부로 느껴졌다.

나는 작은 농굴에서 도시락을 먹으며 비가 잦아들기를 기다리고 있다. 큼지막한 주먹밥 세 개와 반찬이 가득 담겨 있다. 두껍게 썬 차슈, 참기름으로 볶은 숙주가 너무나 라멘 가게 도시락다워서 웃음이 났다. 추워서 떨리던 몸이 도시락을 먹자 온기를 되찾았다. 밥알을 씹어 삼키자 식도와 위가 어디 있는지 확실히 알 것 같았다.

무스비다. 나는 생각했다.

'알고 있니? 물이든, 쌀이든, 술이든, 무언가를 몸에 넣는 행위 또한 '무스비'라고 한단다. 사람 몸에 들어간 것은 영혼과 이어지는 법이지.'

그날 나는 이 말을 꿈에서 깨더라도 기억해두자고 생각했다. 목소리를 내어 말해보았다.

"……꼬아서 휘감고, 때로는 되돌리고, 끊기고, 또 이어지고. 그것이 실매듭. 그것이 시간. 그것이 '무스비'."

손목에 감긴 끈을 보았다.

아직 끊기지 않았다. 분명히 아직 이어질 것이다.

어느샌가 수목은 자취를 감추었다. 주변은 이끼가 잔뜩 낀 바위 천지다. 내려다보니 두꺼운 구름 사이로 조롱박 모양의 호수가 설핏 보였다. 정상에 겨우 도착했다.

"……있다!"

과연 그 앞에는 칼데라처럼 움푹 파인 지형과 신체인 거목이 있었다.

"……정말 있었어! ……꿈이 아니었어!"

가늘어진 빗줄기가 눈물처럼 볼을 타고 흘렀다. 나는 소매로 마구 얼굴을 닦고 칼데라의 경사면을 내려가기 시작했다.

기억에서는 실개천이었던 물줄기가 웬만한 연못 정도의 크기로 눈앞에 가로놓여 있었다. 이 비로 물이 불어난 것인지, 아니면 그 꿈으로부터 지형이 변할 정도의 시간이 지난 것인지. 어느 쪽이든 거목은 물을 건너 몇 미터 앞에서 있다.

여기서부터 저쪽은 저세상.

분명 누군가 그렇게 말했다.

그러면 여기는 삼도천인가.

물에 발을 넣었다. 풍덩! 하고 마치 욕조에 발을 담근 듯

물소리가 크게 울렸다. 그 바람에 이곳이 이상하리만치 조용하다는 것을 그제야 깨달았다. 무릎 위까지 오는 무거운 물속을 걸으니 한 걸음 뗄 때마다 커다란 물소리가 울려 퍼졌다. 무구하고 새하얀 무언가를 흙 묻은 발로 짓밟는 기분이 들었다. 내가 오기 전까지 이곳은 완벽한 침묵 속에 잠겨 있었을 것이다. 나는 환영받지 못하고 있다. 직감적으로 그런 생각이 들었다. 체온이 다시금 차가운 물에 빨려나갔다. 이윽고 가슴팍까지 물이 차올랐다. 그래도 어떻게든 물을 다 건넜다.

거목은 커다란 너럭바위에 뿌리를 휘감고 있었다.

나무가 신체인지 바위가 신체인지, 아니면 모두 얽히고설킨 그 모습이 신앙의 대상인지 알 수 없었다. 뿌리와 바위 사이에 작은 계단이 있어서 그곳을 내려가자 2평 정도 되는 공간이 입을 쩍 벌리고 있었다.

그곳은 바깥보다도 한층 침묵이 깊었다.

나는 얼어붙은 손으로 가슴의 지퍼를 열고 스마트폰을 꺼냈다. 젖지 않은 것을 확인한다. 전원을 켠다. 그 동작 하나하나가 암흑 속에서 폭력적일 정도로 커다란 소리를 냈다. 퐁 하고 어울리지 않는 전자음을 내며 회중전등 대신 스마트폰 플래시를 켰다.

이곳에는 색과 온도라는 것이 없었다.

라이트에 비쳐 떠오른 작은 사당은 완벽한 회색이었다. 돌로 만든 작은 제단에 10cm 정도 되는 호리병이 나란히 놓여 있었다.

"우리가 가져온 술이다."

나는 술병 표면에 손을 살짝 댔다. 어느새 추위가 가셨다.

"이쪽이 동생 거고."

모양을 확인하고 왼쪽 병을 집었다. 집어들 때 희미한 저항과 함께 투둑 하는 마른 소리가 났다. 이끼가 뿌리를 내린 것이다.

"이게 내가 가져온 것."

나는 그곳에 앉아서 눈을 가까이 대고 플래시를 들이댄다. 매끈매끈했던 도자기 표면을 이끼가 빽빽이 뒤덮고 있었다. 꽤 시간이 지난 것처럼 보였다. 줄곧 마음속에 있던 생각을 나는 입 밖으로 꺼냈다.

"……나는 3년 전의 그 녀석과 뒤바뀐 건가?"

뚜껑을 봉인한 실매듭을 풀었다. 뚜껑 아래는 코르크 마개로 입구가 또 한 번 막혀 있었다.

"3년, 시간대가 어긋나 있었던 건가? 더는 몸이 바뀌지 않았던 건 3년 진 운석이 떨어진 날 그 녀석이 죽었기 때문이고?"

코르크 마개를 뽑았다. 희미한 알코올 냄새가 훅 끼쳤다. 뚜껑에 술을 부었다.

"그 녀석의, 절반……."

라이트를 가까이 대보았다. 구치카미사케는 투명했고 곳곳에 작은 입자가 떠 있었다. 입자가 빛을 반사해 액체 속에서 반짝반짝 빛났다.

"무스비. 꼬아서 휘감고, 때로는 되돌리고, 끊기고, 또 이어지고."

술을 따른 뚜껑을 입으로 가져갔다.

"정말 시간을 되돌릴 수 있다면. 다시 한 번만—."

그 녀석의 몸으로! 그렇게 바라면서 한입에 술을 털어 넣었다. 목에서 나는 소리가 놀라울 정도로 크게 울렸다. 뜨거운 덩어리가 몸 안을 뚫고 지나갔다. 그것은 위 밑바닥에서 튀기듯 몸속으로 퍼졌다.

"……."

그런데, 아무 일도 일어나지 않는다.

나는 잠시 가만히 있어본다.

익숙지 않은 술에 조금 체온이 올라간 듯하다. 아주 조금 멍하니 붕 뜬 기분이 들었다. 그리고 그뿐이었다.

……역시 안 되는 건가.

나는 무릎을 세워서 일어났다. 그때 갑자기 발이 엉켰다. 시야가 돌아간다. 넘어지는구나. 나는 생각한다.

—이상하다.

나는 분명 뒤로 넘어졌는데 아무리 시간이 지나도 등이 땅에 닿지 않는다. 시야가 천천히 회전하더니 이윽고 천장이 눈에 들어온다. 내 왼손은 스마트폰을 쥔 채였다. 라이트가 천장을 비춘다.

"……혜성!"

절로 목소리가 나왔다.

그곳에는 커다란 혜성이 그려져 있었다.

바위에 새겨진 정말 오래된 그림이다. 하늘에 길게 꼬리를 긋는 거대한 혜성. 빨갛고 파란 안료가 플래시 빛을 받아 반짝반짝 빛난다. 그리고 그 그림이 천천히 천장에서 떠오른다.

나는 눈을 크게 뜬다.

그림이, 혜성 그림이 나를 향해 떨어진다.

천천히 그것은 눈앞까지 다가온다. 대기와의 마찰열로 다 타버린 후 바윗덩어리가 유리질이 되어 보석처럼 빛나고 있다. 그런 세세한 부분까지 내게는 확실히 보인다.

뒤로 넘어진 내 뒤통수가 돌에 격돌하는 순간, 혜성이 내 몸에 부딪쳤다.

○ 제5장

기억

끝없이 떨어진다.

혹은 떠오른다.

그런 확실치 않은 부유감이 느껴진다. 밤하늘에서는 혜성이 빛나고 있다.

그런데 갑자기 혜성이 갈라지더니 파편이 떨어진다.

운석은 산간 마을에 떨어진다. 많은 사람이 죽는다. 호수가 생겨나고 마을은 사라진다.

시간이 흘러 호수 주변에는 이윽고 또 마을이 생긴다. 호수는 물고기를 부르고 운철(隕鐵)은 부를 가져다준다. 마을은 번성한다. 긴 시간이 흘러 다시 혜성이 찾아온다. 또 별이 떨어지고 사람이 죽는다.

일본 열도에 사람이 살기 시작한 이후로 두 번, 그 일이 반복되었다.

사람들은 그것을 기억해두고자 한다. 어떻게든 다음 세대에 전하려 한다. 문자보다 오래 남는 방법으로. 혜성을 용으로, 실매듭으로 표현한다. 갈라지는 혜성의 모습은 춤 동작에 넣는다.

또 긴 시간이 흐른다.

갓난아이의 울음소리가 울려 퍼진다.

"너의 이름은, 미츠하."

다정한 엄마의 목소리.

잔혹한 통증과 함께 탯줄이 잘린다.

맨 처음에는 둘이 하나였는데, 이어져 있었는데. 사람은 이렇듯 이어진 실이 끊겨서 현세에 떨어진다.

"두 사람은 아빠의 보물이란다."

"이제 언니가 됐네."

젊은 부부의 대화. 머지않아 미츠하의 여동생이 태어난다. 행복과 맞바꾸듯 엄마가 병으로 쓰러진다.

"엄마, 언제 퇴원해?"

동생은 순진하게 물어보지만, 언니는 엄마가 돌아올 수

없다는 것을 이미 알고 있다. 사람은 반드시 죽는다. 하지만 그것을 받아들이기는 쉽지 않다.

"지켜주지 못했어……!"

아버지는 깊이 탄식한다. 아버지에게 아내만큼 사랑한 존재는 전에도 후에도 없었다. 커가면서 아내를 닮아가는 딸의 모습은, 축복이자 저주였다.

"신사 따위 계속 지켜봤자라고요!"

"우리 가문을 이어야 할 사람이 무슨 소린가!"

아버지와 할머니의 말다툼이 날이 갈수록 심해진다.

"내가 사랑한 사람은 후타바예요. 미야미즈 신사가 아니란 말입니다."

"당장 나가게!"

아버지도, 할머니도 소중히 여기는 것의 순위를 바꾸기에는 너무 나이를 먹어버렸다. 아버지는 견디지 못하고 집을 나갔다.

"미츠하, 요츠하. 오늘부터 할머니랑 함께 사는 거다."

저울추 소리가 울려 퍼지는 집에서 여자 셋의 생활이 시작됐다.

나름대로 평온한 나날이었다. 하지만 아버지에게서 버림

받았다는 감정은 미츠하에게는 지울 수 없는 얼룩으로 남았다.

—이것은,

미츠하의 기억?

나는 어찌할 도리 없이 탁류에 쓸려가듯 미츠하의 시간에 노출된다.

그리고 나도 알고 있는, 몸이 바뀐 날들.

미츠하의 눈으로 본 도쿄는 낯선 외국처럼 빛난다. 우리는 같은 신체 기관을 가지고 살아가는데 전혀 다른 세계를 보고 있다.

"좋겠다……."

미츠하의 중얼거림이 들린다.

"지금쯤 두 사람은 같이 있겠네."

나와 오쿠데라 선배의 데이트 날이다.

"나, 잠시 도쿄에 다녀올게."

동생에게 말한다.

도쿄?

그날 밤 미츠하는 할머니 방의 맹장지문을 연다.

"할머니, 부탁이 있는데요."

미츠하의 긴 머리가 단발이 되었다. 이 모습을 한 미츠하를 나는 알지 못한다.

"오늘이 제일 밝게 보이는 날이라고 했지."

테시가와라와 사야가 혜성을 보러 가자고 부른다.

안 돼, 미츠하!

나는 소리친다.

거울 뒤에서. 풍경 소리로. 머리카락을 살랑 흔드는 바람으로.

미츠하, 거기 있으면 안 돼!

혜성이 떨어지기 전에 마을에서 도망쳐야 해!

그래도 내 목소리는 미츠하에게 가 닿지 않는다. 알아채지 못한다.

축제 날, 미츠하는 친구들과 달보다 가까이 다가온 혜성을 올려다본다.

혜성이 갑자기 갈라지고 그 파편이 무수한 별똥별이 되어 빛난다. 커다란 바윗덩어리가 하나, 운석이 되어 낙하하기 시작한다.

그 광경조차도 그저 아름답다며 올려다보고 있다.

미츠하, 도망쳐!

나는 목이 터져라 소리친다.

미츠하, 도망쳐, 제발 도망치라고! 미츠하, 미츠하, 미츠하!

이내, 별이 떨어진다.

○ 제 6 장

재연

눈을 떴다.

그 순간에 확신이 들었다.

나는 상반신을 벌떡 일으켜 내 몸을 살폈다. 가느다란 손가락. 익숙한 잠옷. 부풀어 있는 가슴.

"미츠하다……."

목소리가 새어나왔다. 이 목소리도. 얇은 목도. 피도 살도 뼈도 피부도. 미츠하의 모든 것이 온도를 지닌 채 여기에 있다.

"……살아 있어."

양손으로 내 가슴을 쥔다. 눈물이 흘러나온다. 고장 난 수도꼭지처럼 미츠하의 눈에서 닭똥 같은 눈물이 쉼 없이 뚝뚝 떨어진다. 이 따스함이 기뻐서 나는 더욱 강렬하게 흐느낀다. 심장이 갈비뼈 안에서 기쁜 듯 두방망이질 친다.

나는 무릎을 굽힌다. 반질반질한 무릎에 볼을 파묻는다. 미츠하의 몸 전체를 꽉 끌어안고 싶어서 몸을 둥글게 만다.

미츠하.

미츠하, 미츠하.

그것은 어쩌면 영원히 만나지 못했을지도 모를 모든 가능성을 뒤로한 채 지금 여기에 놓인 기적이었다.

"……언니, 뭐해?"

목소리가 들려 고개를 들자 맹장지문를 열고서 요츠하가 서 있었다.

"아, 내 동생……."

나는 울먹이는 목소리로 중얼거렸다. 요츠하도 아직 살아 있다. 눈물 콧물로 범벅이 된 채 가슴을 주무르는 언니의 모습을 어이없다는 표정으로 지켜보고 있다.

"요츠하~!"

안아주고 싶어서 나는 요츠하에게 달려갔다. 헙 하고 요츠하는 숨을 삼키더니 내 코앞에서 문을 쾅 닫았다.

"할머니, 할머니. 큰일 났어!"

소리치며 계단을 뛰어 내려가는 발소리가 들렸다.

"언니가 드디어 맛이 갔어! 언니가 완전히 망가져버렸다니까!"

아래층에서 할머니에게 절실하게 호소하는 목소리가 울려 퍼졌다.

……참 버릇없는 꼬맹이야. 머나먼 시공을 뛰어넘어서 이 몸이 마을을 구하러 왔는데!

NHK 아나운서가 밝은 목소리로 떠들고 있었다. 교복으로 갈아입고 아래층으로 내려간 참이었다. 치마를 입으면 느껴지는 하반신의 허전함도 오랜만이었다. 그 느낌을 떨쳐버리려고 우뚝 서서 텔레비전을 노려보고 있었다.

『약 일주일 전부터 육안으로 보이기 시작한 티아마트 혜성은 오늘 밤 7시 40분경에 지구에 가장 가까이 접근하여 가장 밝게 보일 것으로 예측됩니다. 드디어 정점을 맞이할 1,200년에 한 번 찾아오는 천체 쇼. 각지에서는 다양한 모습으로 한껏 분위기가…….』

"오늘 밤! 아직 시간은 있어!"

나는 중얼거렸다. 흥분으로 온몸이 떨렸다.

"잘 잤니? 미츠하, 요츠하. 오늘은 먼저 나와 있었구나."

뒤돌아보니 할머니가 서 있었다.

"할머니! 건강해 보이네요!"

나는 반사적으로 뛰어갔다. 할머니는 찻주전자를 담은 쟁반을 들고 있었다. 마루에서 차를 마시려 한 모양이었다.

"어라? ……아니, 너."

돋보기를 내리고 할머니가 내 얼굴을 가만히 쳐다본다. 할머니의 눈이 점점 가늘어졌다.

"……너, 미츠하가 아니로구나?"

"어……."

어떻게 알았지? 절대 들키지 않을 거라고 생각했던 못된 짓을 들킨 것마냥 꺼림칙한 기분이 들었다. 아니, 그래도 이것은 좋은 기회다.

"할머니, 알고 계셨어요?"

할머니는 표정 변화 없이 좌식 의자에 앉으며 말했다.

"아니. 그런데 요즘 너를 보고 있자니 기억이 떠올랐단다. 내 소녀 시절이 말이다. 나도 신기한 꿈을 꾼 적이 있지."

대단해! 이야기 진행이 빨라서 좋다. 역시 옛날이야기에나 나올 것 같은 집안. 나도 탁자에 앉았다. 할머니는 나에게도 차를 내주었다. 차를 조금씩 홀짝이며 할머니는 이야기를 이어갔다.

"정말 이상한 꿈이었지. 아니, 그건 꿈이라기보다는 다른 인생이었어. 완전히 모르는 동네에서 모르는 남자가 돼 있었지."

나는 꿀꺽 침을 삼켰다. 우리랑 완전히 똑같다.

"하지만 어느 날 갑자기 끝나버렸어. 지금 와서 기억하는 건 신기한 꿈을 꾼 적이 있다는 것뿐이지. 그 꿈속에서 내가 누가 됐었는지 기억도 전부 지워졌지."

"지워졌다고요?"

시한부 선고라도 받은 것처럼 가슴이 쿵 내려앉았다. 그렇다. 나도 한때, 미츠하라는 이름을 잊어버렸다. 모두 내 망상으로 치부하려 했다. 할머니의 주름 가득한 얼굴이 어딘지 쓸쓸한 빛을 띤다.

"그러니까 지금의 너를, 네가 보고 있는 것을 소중히 여기렴. 아무리 특별하더라도 꿈은 꿈인 법. 깨어나면 언젠가 반드시 사라지고 말지. 내 어머니에게도, 내게도, 그리고 네 엄마에게도 그런 시절이 있었단다."

"그렇다면, 혹시……!"

나는 문득 생각한다. 이것은 미야미즈 집안에 이어져 내려온 사명인지도 모른다. 1,200년마다 찾아오는 재앙을 피하기 위해 수년 후를 사는 인간과 꿈을 통해 교신하는 능력. 무녀의 사명. 언제부터인지 모르지만 미야미즈의 핏줄에 새겨진, 세대를 넘어 이어지는 경고 시스템.

"어쩌면 미야미즈 가문 여자들이 꾼 그 꿈은 전부 오늘을 위해 있었는지도 몰라요!"

나는 할머니의 얼굴을 똑바로 보고 강한 어조로 말했다.

"할머니, 잘 들어보세요."

할머니는 고개를 들었다. 내 말을 어떻게 받아들였는지, 그 표정으로는 딱히 알 수가 없다.

"오늘 밤 이토모리에 혜성이 떨어져서 모두 죽어요."

이번에는 뚜렷하게 의아해하는 표정을 지으며, 할머니는 눈살을 찌푸렸다.

—그런 말 아무도 안 믿을 거라고? 의외로 평범한 얘기를 하는 할머니였다.

학교로 달려가면서 나는 투덜거렸다.

몸이 바뀌었다는 꿈은 믿으면서 운석 낙하는 의심하다니. 이상한 균형 감각을 가진 할머니다.

너무 늦은 등교여서인지 주위에 사람이 아무도 없다. 짹짹짹짹, 산새 우는 소리가 울려 퍼지는, 여느 때처럼 평화로운 아침이다. 우리가 해야 한다.

"절대 죽게 내버려두지 않아!"

나 자신에게 들려주듯, 나는 강하게 소리 내어 말했다. 달리는 속도를 높였다. 운석 낙하까지 반나절도 남지 않았다.

"미츠하, 너, 너 머리……."

"너, 머리가 대체 어떻게……."

교실에 들어서자마자 테시가와라와 사야가 내 얼굴을 멍하니 쳐다보았다.

"아~, 이 머리? 예전 머리가 낫지?"

어깨 위로 짤막하게 잘린 단발머리 끝 목덜미를 한 손으로 훑으며 말했다. 그러고 보니 미츠하는 어느샌가 긴 머리를 싹둑 잘라버렸다. 내 취향은 검은 생머리라서 전혀 마음에 들지 않는다. 아, 그런데, 지금 그게 중요한 게 아니잖아!

"그게 중요한 게 아니야!"

머엉 하는 소리가 들릴 것처럼 입을 크게 벌린 테시가와라와 탐색하는 듯한 눈빛으로 바라보는 사야의 얼굴을 번 갈아 보면서 나는 말했다.

"이대로 있으면 오늘 밤 우리 모두 죽는다고!"

교실의 웅성거림이 뚝 끊긴다. 반 친구들 모두의 시선이 내게로 향한다.

"저, 저기, 미츠하, 지금 무슨 소리 하는 거야?"

사야가 서둘러 일어나고, 테시가와라가 억지로 내 팔을 당겼다. 두 사람에게 끌려나오듯 교실에서 나오면서 생각했다.

'그야, 믿어주지 않는 게 당연하지.'

나는 겨우 냉정을 조금 되찾는다. 할머니의 말씀대로 갑자기 그런 말을 믿으라는 것이 말도 안 되는 얘기다. 오랜만에 몸이 바뀌어 흥분한 탓에 이대로 어떻게든 잘되리란 기분이 들었던 것이다.

으—음, 하지만 이거 생각보다 어려울지도 모르겠는데?

조금 걱정했지만, 테시가와라에게만은 그건 기우였다.

"……미츠하, 그거 진심으로 하는 소리야?"

"몇 번이나 말해. 진짜라고! 오늘 밤 티아마트 혜성이 갈라져서 운석이 될 거야. 그게 이 마을에 떨어질 확률이 높다고. 출처는 밝힐 수 없지만, 믿을 수 있는 정보통에게서 얻은 거야."

"그럼……. 큰일이잖아!"

"야야야, 텟시. 너 뭘 그렇게 진지하게 받아들여? 너 그렇게까지 멍청했어?"

당연히 사야는 믿지 않았다.

"대체 정보 출처라는 게 뭐야! CIA? NASA? 믿을 수 있는 정보통? 그게 뭐야. 스파이 놀이? 미츠하. 너 어떻게 된 거 아니야?"

철저히 상식적인 사야에게 나는 자포자기하는 심정으로 미츠하의 지갑을 탈탈 털어 가진 돈을 전부 내밀었다.

"사야, 부탁해. 내가 이 돈 줄게. 이걸로 좋아하는 거 뭐든 다 사! 대신 내 이야기만이라도 좀 들어줘!"

진지한 얼굴로 말하고 고개를 숙였다. 사야는 놀란 듯 내 얼굴을 가만히 바라보았다.

"너 같은 짠순이가 그렇게까지 말한다면야……."

아니, 뭐야? 그래놓고 내 돈은 흥청망청 써대다니!

사야는 포기한 듯 한숨을 내쉬더니 말했다.

"……어쩔 수 없지. 이유는 모르겠지만 이야기는 한번 들어볼게. 텟시, 자전거 열쇠 줘봐."

이 돈으로는 과자 몇 개 사 먹으면 끝이겠다며 투덜거리면서도 사야는 승강구를 향해 걷기 시작했다. 다행이다. 돈은 좀 부족했던 것 같지만 진심은 통한 것이다.

"편의점 다녀올게. 텟시, 너는 미츠하 잘 감시해. 얘 좀 정상이 아니니까."

그런 연유로 나와 테시가와라는 지금은 사용하지 않는 동아리 방에 몰래 들어가 대피 계획을 세웠다.

목표는 피해 범위 내에 있는 188세대 500명의 주민을 운석 낙하 시각까지 영향권 밖으로 대피시키는 것. 가장 먼저 떠오른 것은 방송으로 대피 지시를 내리는 것이다.

수상 관저 해킹하고, 국회의사당 해킹하고, NHK 시부야 방송 센터 해킹하자. 아니, NHK 기후(岐阜) · 타카야마(高山) 지국을 해킹하면 되겠네? 따위의 바보 같은 소리를 했다. 하지만 애초에 이토모리 주민 전원이 집에서 텔레비전이나 라디오를 보는 것도 아니고 오늘 밤은 가을 축제라서 외출하는 사람이 더 많을 거라는 이야기가 나왔다. 우리는 고민에 빠졌다.

"방재 무선이 있잖아!"

테시가와라가 갑자기 크게 말했다.

"방재 무선?"

"왜, 설마 모른다고 하려고? 온 동네에 스피커가 있잖아?"

"아, 아침밥 먹을 때 갑자기 나오는 거? 누가 태어났다든가, 누구 장례식이라든가."

"맞아. 집 안에 있든 밖에 있든 그건 마을 어디서든 반드시 들릴 거야. 그걸로 지시를 내리면 되잖아!"

"근데 어떻게? 그건 주민 센터에서 하는 방송이잖아. 부탁하면 방송해주나?"

"그럴 리가 없잖아."

"그럼 어떡해? 주민 센터를 해킹해? 그래도 NHK 해킹보다는 훨씬 현실성은 있는 것 같다만."

히히 하고 기분 나쁜 웃음을 짓더니 테시가와라가 스마트폰으로 무언가를 입력한다. 그건 그렇고 이 녀석 무척 즐거워 보인다.

"이 방법이 있거든!"

나는 테시가와라가 내민 스마트폰을 들여다보았다.

주파수 중첩에 대한 설명이 쓰여 있었다.

"아니, 이거, ……진짜?"

테시가와라는 콧구멍을 벌름거리며 자랑스러운 듯 끄덕였다.

"그보다 텟시, 왜 이런 거 알고 있는 거야?"

"그거야 너도, 자기 전에 항상 망상하잖아. 마을 파괴라든가, 학교 전복이라든가. 다 그러는 거 아니야?"

"무슨 소리야."

나는 살짝 뒤로 물러났다. 그래도 이것은…….

"아니, 그래도 정말 대단하다, 텟시! 좋은 생각이야!"

나는 그렇게 말하고 무심코 테시가와라의 어깨에 손을 둘렀다.

"너. 너, 너무 달라붙지 마!"

"어?"

허허, 이 녀석 귀까지 빨개졌어.

"뭐야~? 텟시, 왜 부끄러워해?"

내가 아래에서 테시가와라의 얼굴을 올려다본 채 히죽 웃으며 말했다. 미츠하, 너도 아직은 죽지 않은 모양이다. 이런이런, 하며 내가 몸을 더 가까이 붙인다. 서비스, 서비스! 우리는 낡은 소파에 앉아 있고 테시가와라는 벽 끝에 붙어 있어서 더는 도망갈 곳이 없다.

"잠깐, 미츠하. 그만해!"

큼직한 몸을 이리저리 비틀면서 저항하는 테시가와라. 이 녀석도 남자였네. 뭐, 나도 남자지만. 그러자 테시가와라는 튀어 오르듯 갑자기 소파 등받이에 올라가 목소리를 높였다.

"그만하라고 했잖아! 시집도 안 간 처녀가 말이야!"

"뭐……."

테시가와라는 까까머리까지 새빨개져서는 땀을 줄줄 흘리며 거의 울 것 같은 눈으로 나를 바라보고 있다.

"하하! 텟시 넌 진짜……."

나도 모르게 웃음이 터지고 말았다.

이 녀석은 정말 믿어도 되는 괜찮은 녀석이다.

지금까지도 친구라고 생각해왔다.

하지만 이제 타치바나 타키로서 이 녀석들을 실제로 만나서 이야기해보고 싶다. 나와 미츠하, 테시가와라, 사야 넷이서. 츠카사랑 타카기, 오쿠데라 선배도 함께라면 그것도 정말 재미있을 것 같다.

"미안해, 텟시. 내 말 믿어준 게 너무 고마워서. 나도 모르게."

웃음을 간신히 참으며 부루퉁한 테시가와라를 올려다보며 말했다.

"대피 계획 짜는 거 같이 생각해줄 거지?"

내가 웃는 얼굴로 말하자 테시가와라는 빨갛게 달아오른 얼굴로, 그러나 진지한 표정으로 끄덕였다.

이 일이 끝나면 이 녀석도 만나러 와야지. 왠지 눈부신 기분으로 나는 그렇게 생각한다.

"포, 포…… 폭탄?"

투명 플라스틱 케이스에 든 미니 쇼트케이크를 먹으며 사야가 고개를 들었다.

"정확히는 함수 폭약. 뭐, 다이너마이트 같은 거라 할 수 있지."

감자 칩을 우적우적 씹으면서 테시가와라가 자신 있게 말했다. 나는 새알 초콜릿을 아그작 아그작 씹어 먹는다. 책상에는 사야가 사 온 대량의 편의점 주전부리가 잔뜩 펼쳐져 있어서 왠지 파티 같은 분위기다. 그 속에서 나와 테시가와라는 지도를 펼쳐 두고 머리를 맞대어 짜낸 대피 계획을 사야에게 설명했다. 신나는 배경 음악이라도 듣고 싶은 심정이다. 퍼커시브하고 조금 열광적인, 작전 회의 분위기가 나는 곡으로.

500ml 팩 커피우유를 꿀꺽꿀꺽 마시더니 테시가와라가 이어 말한다.

"폭약은 아버지 회사 자재 보관 창고에 토목용이 엄청 많아. 나중에 들킬 염려 따위 덮어둔다면 얼마든지 빼낼 수 있다고."

"그런 다음에는."

나는 멜론빵 봉지를 뜯으면서 말한다. 왠지 무척 배가 고팠다. 그리고 미츠하의 몸으로 먹으면 왠지 모르지만 무척 맛있다.

"바, 바, 방송 전파 탈취?"

사야가 또 잔뜩 흥분한 목소리를 냈다. 카레빵을 뜯어 먹으면서 테시가와라가 설명했다.

"이런 시골 방재 무선은 전송 주파수와 기동용 중첩 주파수만 알면 금방 해킹할 수 있지. 음성에 특정한 주파가 덧입혀지는 것뿐, 어차피 스피커가 작동하는 원리니까."

멜론빵을 한 손에 들고 나는 덧붙였다.

"그러니까 학교 방송실에서도 마을 전체에 대피 지시를 내릴 수 있단 소리야."

나는 이토모리의 지도를 내밀었다. 미야미즈 신사를 중심으로 직경 1.2km 정도 원이 그려져 있다. 나는 그것을 따라 둥글게 손가락으로 그려 보였다.

"여기가 운석 피해 범위. 이토모리 고등학교는. 이것 봐, 이 바깥이지."

고등학교가 있는 곳을 툭툭 치며 말했다.

"그러니까 마을 사람들의 대피 장소도 여기, 교정으로 하면 돼."

"그, 그건……."

조심스럽게 사야가 입을 열었다.

"와, 완벽한 범죄잖아!"

사야는 그렇게 말하면서도 마지막으로 남아 있던 딸기를 입에 넣었다.

"범죄라도 저지르지 않으면 이 많은 사람들을 움직일 방법이 없잖아."

쿨하게 대답하고서 나는 지도 위에 널브러져 있던 새알

초콜릿을 손으로 싹 치웠다. 그렇다. 범죄든 뭐든 좋으니, 일단 이 범위 밖으로 사람들을 내보내야 한다.

"왠지 미츠하 너, 다른 사람 같아."

나는 씩 웃어 보이며 멜론빵을 크게 한입 베어 물었다. 이 몸에 들어와 있으면 말투가 아무래도 여성스러워지지만, 그래도 나는 이미 미츠하인 척하는 것은 진작 포기했다. 이 일이 전부 끝나고 이 녀석들이 무사하다면 나중 일은 어찌 되든 좋다. 살아만 있어준다면 어떻게든 되겠지.

"그럼 방송은 사야가 담당해."

나는 명랑하게 말했다.

"어째서!"

"너 방송부잖아?"

"게다가 네 언니는 주민 센터 방송 담당이고. 무선 주파수도 넌지시 물어봐."

테시가와라가 말했다.

"뭐? 그렇게 너희 마음대로……."

사야의 항의를 무시한 채 테시가와라는 기쁜 듯이 자신을 가리키며 말했다.

"그리고 나는 폭발 담당!"

"그리고 나는 이장님을 만나러 갈 거야."

스스로를 가리키며 나도 말했다.

으아악! 하고 절규하는 사야에게 테시가와라가 설명을 이어갔다.

"아까 말한 방법으로 대피 계기는 아마도 우리가 만들 수 있을 거야. 하지만 결국은 관공서나 소방서가 나서줘야 역시 188세대 전 주민이 움직여주겠지?"

"그러니까 이장님을 설득해야지."

나는 말했다.

"딸인 내가 잘 말씀드리면 분명 이해해주실 거야."

테시가와라는 팔짱을 끼고 "완벽한 작전이야!" 라고 자화자찬하면서 고개를 주억거렸다. 나도 같은 마음이다. 물론 조금 거친 방법이긴 하지만 달리 수가 없다.

"하아……."

감탄한 건지 어이없다는 건지 사야가 입을 벌리고 우리를 쳐다보며 말했다.

"뭐, 거기까지 생각한 건 대단하지만……. 어차피 이게 다 망상에서 시작된 거잖아?"

"뭐?"

전혀 생각지도 못한 말에 말문이 막혔다.

"아니, 망상이라기보다는……."

사야가 동참해주지 않으면 이 계획은 소용이 없다. 뭐라고 해야 할까. 나는 해야 할 말을 찾았다.

"그렇다고 단정 지을 수는 없어!"

갑자기 테시가와라가 큰 목소리로 말하며, 스마트폰 화면을 들이밀었다.

"너희, 이토모리 호수가 어떻게 생겨났는지 알아?"

나와 사야는 눈을 안쪽으로 몰아 뜨고 화면을 들여다보았다. 이토모리 마을 홈페이지로 보이는 사이트에 실린 '이토모리 호수의 유래'라는 글자가 보였다. 그리고 '1,200년 전에 생긴 운석 호수', '일본에서는 지극히 드물다'는 문장도 보인다.

"운석 호수라고! 적어도 한 번은 이 장소에 운석이 떨어졌단 소리지!"

테시가와라의 의기양양한 얼굴과 그 말이 딸깍 하고 무언가를 끼웠다. 그것이 무엇인지 모른 채로 나는 외쳤다.

"맞아. 맞다고. 그러니까!"

―그러니까 그곳에 혜성 그림이 있었던 거야. 나는 그 그

림에 생각이 미쳤다. 1,200년 주기의 티아마트 혜성. 그리고 이토모리 호수는 1,200년 전의 운석 호수. 운석도, 혜성이 다가오는 것도 1,200년 주기로 일어나는 것이다. 예견된 재해. 그렇기에 피할 수 있는 재해. 그 그림도 메시지이자 경고인 것이다.

생각지도 못한 아군을 얻은 기분이 들었다. 가만히 있을 수가 없다. 이 모든 것이 천년도 더 된 옛날에 준비된 일이라고!

"네 말이 맞아, 텟시!"

나도 모르게 주먹을 내밀자 테시가와라도 "오!" 하면서 주먹을 맞부딪쳤다.

잘될 거야. 이 일은 잘될 거야!

"우리 힘으로 하는 거야!"

우리는 사야를 향해 침이 튈 기세로 한 목소리로 외쳤다.

"너 지금 무슨 소리를 하는 거냐?"

두꺼운 골판지 상자에 가윗날을 물리는 듯한 걸걸하고 무거운 목소리. 나는 점점 더 초조해졌다. 기에 눌리지 않도록 큰 소리를 냈다.

"그러니까! 만약을 위해 마을 사람들을 대피시켜야 한다고요!"

"그만 해라."

그것은 조금도 큰 목소리가 아닌데도 내 목소리를 단숨에 억눌렀다.

미츠하의 아버지인 미야미즈 이장은 귀찮다는 듯 눈을 감더니 이장실의 가죽 의자에 등을 기댔다. 두꺼운 가죽이 끽끽 소리를 내며 삐걱거렸다. 이장은 그러고서 천천히 숨을 내쉬더니 창밖으로 눈을 돌렸다. 오후의 화창한 햇살에 나뭇잎이 흔들리고 있다.

"혜성이 둘로 나뉘어서 이 마을에 떨어진다? 500명이 넘는 사람이 죽을지도 모른다고?"

손가락 끝으로 책상을 두드리면서 한참이나 지나서야 나를 쳐다보았다. 나는 오금에 땀이 맺혔다. 미츠하는 긴장하면 여기에 땀이 나는구나. 나는 처음 깨달았다.

"믿기 힘든 이야기라는 건 잘 알아요. 하지만 근거도 제대로……."

"내 앞에서 잘도 그런 허튼 소리를 하는구나!"

갑자기 버럭 화를 냈다. 이장은 미간의 주름을 깊이 잡더니 "망언을 하는 게 미야미즈의 혈통인가" 하고 혼잣말을 하듯 낮게 속삭였다. 그러고는 나를 쏘아보며 "미츠하" 하고 조용히 불렀다.

"진심으로 하는 소리라면 넌 아픈 거다."

"무슨……."

나는 말을 이을 수 없었다. 바로 30분 전 동아리방에서 넘쳐흘렀던 자신감이 이제 어디에도 남아 있지 않다는 것을 깨닫는다. 전혀 말도 안 되는 짓을 하고 있다는 불안감이 걷잡을 수 없이 커졌다. 아니, 아니야. 이것은 망상도 아니고 나는 아프지도 않다. 나는…….

"차를 대기시키마."

갑자기 걱정스러운 말투로 이장이 수화기를 든다. 버튼을 눌러 어딘가에 전화를 걸면서 나에게 말했다.

"시내 병원에서 의사 진찰을 받도록 해. 그런 다음에 다시 네 이야기를 들어주마."

그 말이 내 몸을 불쾌하게 뒤흔들었다. 이 사람은 나를, 자기 딸을 진짜 정신병자 취급하고 있어. 그것을 깨닫자 온몸이 얼어붙은 듯 차가워지고 머릿속에 있는 심지에 불이 붙은 듯 달아올랐다.

분노였다.

"사람을 바보 취급하는 거야!"

그렇게 소리쳤다. 눈앞에 휘둥그레진 이장의 두 눈이 있고, 정신을 차려보니 나는 이장의 넥타이를 비틀어 들어 올리고 있었다. 수화기가 책상 옆으로 떨어지고 뚜, 뚜, 뚜…… 하는 소리가 작게 흘러나왔다.

"……헉."

손을 풀었다. 천천히 이장의 얼굴이 멀어져갔다. 놀란 것인지 당황한 것인지 미야미즈 이장은 희미하게 떨리는 입을 벌리고 있었다. 우리는 서로의 눈에서 시선을 떼지 않는다. 내 온몸의 모공이 기분 나쁜 땀을 흘리며 열렸다.

"……미츠하."

공기를 쥐어짜 내듯 이장이 입을 열었다.

"……너는 누구냐?"

떨리며 나온 그 말은 바람에 떠밀려 입에 들어온 날벌레처럼 언제까지고 기분 나쁜 감각과 함께 귓전을 울려댔다.

어딘가에서 쇠망치 소리가 희미하게 들렸다.

대낮과 저녁의 중간 시간. 이 마을은 너무 조용해서 아주 멀리 떨어진 곳에서 나는 소리마저 바람을 타고 들려온다. 탕, 탕, 탕. 주민 센터를 나와 호수가 내려다보이는 언덕길을 터덜터덜 걸으며 소리에 맞춰 단단한 나무에 못이 박혀 들어가는 모습을 상상한다. 진한 빛의 가느다란 나무에 박혀서 결국 녹이 슬어가는 쇠못. 아마도 신사에서 가을 축제 준비를 하는 것이리라. 길을 따라 줄줄이 달아놓은 목제 등롱을 바라보며 나는 멍하니 그렇게 생각했다.

그럼, 이따가 봐! 아이들 목소리가 들려 나는 고개를 들었다.

언덕 위에서 책가방을 멘 아이들이 서로 손을 흔들고 있다.

"응. 그럼 이따 축제에서 봐!"

"신사 입구에서 만나기다."

그렇게 말하며 친구들과 헤어지고 남자아이와 여자아이가 내 쪽으로 달려왔다. 초등학교 3, 4학년쯤 되었을까. 요츠하 또래로 보이는 아이들이다.

—낙하 지점은 신사.

"가면 안 돼!"

내 옆을 달려 지나가려는 남자아이의 어깨를 나도 모르

게 잡아챘다.

"마을에서 도망쳐! 친구들에게도 알려야 해!"

내 팔 안에서 모르는 아이의 얼굴이 어느새 공포의 빛을 띠었다.

"무슨 소리예요!"

아이는 있는 힘껏 손을 뿌리쳤다. 나는 정신이 번쩍 들었다.

"언니!"

목소리가 나는 쪽을 바라보니 책가방을 멘 요츠하가 걱정스러운 표정으로 달려오고 있었다. 두 아이들은 도망치듯 달려갔다.

—이건 아니야. 이러면 그냥 수상한 사람으로 보일 뿐이라고.

"언니, 저 애들한테 무슨 짓 한 거야?"

덤벼들 듯 내 양팔을 잡고 얼굴을 올려다보며 요츠하가 말했다.

—그렇다면 지금부터 나는 어떻게 하면 되는 걸까?

요츠하의 얼굴을 보자 불안한 듯 내 대답을 기다리고 있었다. 미츠하라면 하고 나는 속으로 생각한 말을 중얼거렸다.

"미츠하라면……. 설득할 수 있었을까? 역시 나로는 안 되는 걸까?"

요츠하는 당황했지만, 나는 신경 쓰지 않고 다시 말했다.

"요츠하, 해가 지기 전에 할머니를 모시고 마을 밖으로 나가."

"뭐?"

"여기 있으면 죽는다고!"

"언니, 지금 무슨 소리를 하는 거야?"

중요한 이야기야, 이런 내 말을 되받아치듯이 요츠하가 필사적인 목소리로 소리쳤다.

"언니, 정신 좀 차려!"

눈에 눈물이 그렁그렁하다. 무서워하고 있다. 내 눈을 들여다보듯 발뒤꿈치를 세우고 요츠하는 말했다.

"어제는 갑자기 도쿄에 가질 않나. 언니 요즘 좀 이상해!"

"뭐?"

나는 위화감을 느낀다. ……도쿄?

"요츠하, 지금 도쿄라고 했어?"

"미츠하!"

사야의 목소리다. 고개를 들자 테시가와라가 페달을 밟

는 자전거 뒤에서 사야가 크게 손을 흔들고 있었다. 치익, 아스팔트와 바퀴가 닿아 마찰음이 나고 자전거가 멈췄다.

"아저씨랑 얘기는 어떻게 됐어?"

앞으로 고꾸라질 뻔하며 테시가와라가 물었다. 대답이 나오지 않았다. 혼란스럽다. 무엇부터 생각하면 좋을지 알 수 없어졌다. 이장은 내 이야기를 전혀 상대해주지 않았다. 그뿐 아니라 "너는 누구냐"고, 아버지가 딸에게 물었다. 내가 그런 질문이 나오게 했다. 내가 미츠하 안에 있어서 안 되는 걸까? 그렇다면 미츠하는 지금 어디에 있는 걸까? 미츠하는 어제 도쿄에 갔다고 요츠하는 말했다. 왜? 어제라는 것이 대체 언제란 말인가?

"야, 미츠하?"

테시가와라의 의아하다는 듯한 목소리가 들렸다.

"네 언니, 왜 그래?"

사야가 요츠하에게 물었다.

미츠하는 어디에 있는 것일까? 나는 지금 어디에 있는 것일까?

—만약에.

나는 고개를 들었다. 민가 저쪽에 봉긋한 산의 윤곽이 겹

친다. 그보다 더 멀리 희미한 푸른빛을 띠는 능선이 있다. 내가 올라간 산. 산 위의 신체. 구치카미사케를 마신 곳. 호수에서 찬바람이 훅 불어와 짧아진 미츠하의 머리칼을 흔들었다. 마치 누군가의 손길처럼 머리칼이 볼을 슬며시 어루만진다.

"거기에…… 있는 거야?"

나는 중얼거렸다.

"응? 뭐야, 뭐야. 저쪽에 뭐가 있는 거야?"

요츠하도, 사야도, 테시가와라도 모두 내 시선을 좇는다. 미츠하, 네가 거기 있는 거라면―.

"텟시! 자전거 좀 빌려줘!"

나는 빼앗듯이 핸들을 쥔다. 안장에 올라타고 지면을 박차고 나갔다.

"야. 잠깐만, 미츠하!"

안장이 너무 높다. 나는 서서 페달을 저으며 언덕길을 올라갔다.

"미츠하, 작전은 어쩌고?"

점점 멀어지는 내게 왠지 울 것 같은 목소리로 테시가와라가 외쳤다.

"계획대로 준비해줘! 부탁한다!"

조용한 마을에 내 큰 목소리가 메아리쳤다. 몸에서 떨어져나간 미츠하의 목소리가 산과 호수에서 튕겨 나와 한동안 대기를 가득 채웠다. 나는 그 목소리를 좇듯이 전력으로 페달을 밟았다.

○ ○ ○ ○ ○ ○ ○ ○ ○ ○ ○ ○

누군가가 볼을 두드리고 있다.

무척 미묘한 힘으로. 아마도 가운뎃손가락 끝만으로 내가 아프지 않도록 조심히 두드리는 것이리라. 그리고 그 손끝은 무척 차갑다. 방금 전까지 얼음을 쥐고 있었던 것처럼 선득하다. 이런 식으로 나를 깨우는 사람이 대체 누구일까.

눈을 떴다.

어라?

무척 어둡다.

아직 밤인 걸까.

또 볼을 두드린다. 아니다. 이것은 물이다. 물방울이 아까부터 내 볼에 떨어졌던 것이다. 상반신을 일으킨 후에야 나는 겨우 깨닫는다.

"……나, 타키가 되었어!"

절로 목소리가 터져 나왔다.

좁은 석단을 오르자 바로 앞에서 저녁놀이 비쳐들어 눈을 찔렀다.

꽤 긴 시간 동안 어둠 속에 있었던 것인지 타키의 눈에서는 눈물이 주르륵 흘렀다. 다 올라간 그곳은 설마 했던 대로 신체가 있는 산 정상이었다.

어째서 타키가 이런 곳에 있는 것일까?

영문을 모른 채 나는 거목 아래를 나와 움푹 팬 땅을 걷기 시작한다. 타키는 아웃도어용 두꺼운 파카를 껴입고 있다. 밑창이 두꺼운 고무로 된 등산화를 신고 있다. 지면은 부드럽고 젖어 있다. 방금까지 비가 온 것인지 키 작은 풀들에 촉촉이 물방울이 묻어 있다. 하지만 올려다본 하늘은 맑게 갰다. 흩어져 있는 옅은 구름이 금빛으로 빛나면서 바람에 쓸려가고 있다.

그리고 내 기억은 왠지 뿌옇다.

아무것도 기억해내지 못한 채 나는 이윽고 움푹 팬 땅의 끝, 경사면 아래에 도착했다. 경사면을 올려다보았다. 이곳은 칼데라 지형이니 이 경사면을 다 올라가면 그곳이 산의 정상이다. 나는 경사면을 오르기 시작했다. 오르면서 기억을 더듬었다. 여기에 오기 전에 무엇을 했는지 어떻게든 기억해내려 한다. 그러자 그 끝이 손가락에 닿았다.

마츠리바야시*. 유카타. 머리를 짧게 자른 내 얼굴.

—맞다.

어제는 가을 축제였다. 나는 텟시와 사야가 불러서 유카타를 입고 나갔다. 혜성이 가장 밝게 보이는 날이니까 셋이 보러 가자고. 그랬다. 왠지 아주 오래전 기억 같지만 그것은 확실히 어제다.

텟시와 사야는 내 짧아진 머리 모양을 보고 꽤나 놀랐다. 텟시는 쩍 하고 소리가 날 정도로 입을 벌렸다. 왠지 두 사람은 안쓰러울 정도로 동요했다. 혜성을 보기 위해 높은 지대에 올라갈 때까지 줄곧 "역시 실연당한 걸까"나 "뭐야, 그런 발상은. 60년대 아저씨냐?" 같은 수군거리는 소리가 뒤에서 들려왔다.

1차선의 좁은 도로를 다 올라가 길모퉁이의 볼록거울을

* 祭りばやし. 축제 때 연주되는 일본 전통 음악.

끼고 돌자 시선이 똑바로 닿는 밤하늘에 갑자기 거대한 혜성이 나타났다. 길게 이어진 꼬리는 에메랄드그린으로 빛나고 있었고 그 끝은 날보나도 밝았다. 눈을 부릅뜨자 작은 먼지 같은 입자가 그 주위에서 반짝반짝 흩날리고 있었다. 우리는 수다 떠는 것도 잊은 채 바보처럼 입을 벌리고 오랫동안 시선을 빼앗겼다.

그리고 어느샌가 혜성의 끝이 두 개로 갈라졌다. 크고 밝은 두 개의 끝, 그중 하나가 점점 다가오는 것처럼 보였다. 이윽고 그 주위에서 가느다란 별똥별이 몇 가닥이나 빛나기 시작했다. 별이 내리는 것 같았다. 아니, 그것은 실제로 별이 내리는 밤이었다. 마치 꿈속 풍경처럼. 그것은 거짓말처럼 아름다운 밤하늘이었다.

나는 겨우 경사면 꼭대기에 올랐다. 불어오는 바람이 차다. 내려다보니 빛나는 융단 같은 구름이 한가득 펼쳐져 있었다. 그리고 그 아래에는 푸른 그림자에 물들어 있는 이토모리 호수가 희미하게 보였다.

어? 나는 동요했다.

이상해.

아까부터 얼음 속에 갇힌 듯 온몸이 덜덜 떨렸다.

어느샌가 무서워서 견딜 수 없었다.

무서워서, 너무 무서워서, 불안하고 슬프고 초조해서 머리가 어떻게 될 것만 같았다. 뚜껑이 떨어져나간 듯 식은땀이 마구 솟았다.

설마.

나는 미쳤는지도 몰라. 나도 모르는 새에 망가져버렸는지도 몰라.

무서워. 너무 무서워. 지금 당장 소리치고 싶은데 목에서는 끈적거리는 숨밖에 나오지 않았다. 내 의지와는 상관없이 눈이 크게 뜨였다. 바싹 말라비틀어진 안구의 표면이 계속 호수만 비추고 있었다. 나는 알았다. 나는 깨달았다.

이토모리 마을이 없다.

이토모리 호수를 뒤덮은 형태로 더욱 크고 둥근 호수가 생겼다.

—당연한 소리를 하고 그래. 내 안의 어딘가에서 말했다.

그런 게 떨어졌으니까.

그렇게 뜨겁고 무거운 덩어리가 머리 위로 떨어졌으니 말이야.

맞다.

그때 나는.

관절이 소리 없이 고장 난 듯 나는 갑자기 그 자리에 털썩 주저앉았다.

나는 그때.

젖은 공기가 간신히 목소리가 되어 나왔다.

"나, 그때……."

그리고 홍수처럼 흘러넘치는 타키의 기억. 하나의 마을을 싹 쓸어버린 혜성 재해. 사실은 3년 후 미래의 도쿄에 살았던 타키. 그때 나는 이미 없었다는 것. 별이 내린 밤. 그때, 나는—.

"죽은 거야……?"

ㅇ ㅇ ㅇ ㅇ ㅇ ㅇ ㅇ ㅇ ㅇ ㅇ ㅇ ㅇ

인간의 기억은 어디에 깃드는 것일까.

뇌의 시냅스 배선 패턴 그 자체일까. 안구나 손가락에도 기억이 있는 것일까. 아니면 안개처럼 형태가 없는, 보이지 않는 정신의 덩어리가 어딘가에 있어서 그것이 기억을 간직하는 것일까. 마음이라든가 정신이라든가 혼이라고 불리는 것들. OS가 들어간 메모리카드처럼 그것은 빼낼 수 있는 것일까.

조금 전 아스팔트는 끊겼고 나는 비포장 산길 위에서 그저 미친 듯이 자전거 페달을 밟았다. 낮은 태양이 나무들 사이로 언뜻언뜻 빛났다. 미츠하의 몸은 끊임없이 땀을 흘렸다. 앞머리가 이마에 착 달라붙었다. 나는 페달을 밟으면서 땀과 함께 머리칼을 훔쳤다.

미츠하의 영혼. 그것은 분명 지금 내 몸 안에 있을 것이다. 내 마음이 여기에, 미츠하의 몸에 있으니까. 하지만—아까부터 나는 생각한다.

우리는 지금도 함께 있다.

미츠하는, 적어도 미츠하의 마음 한 조각은 지금도 여기에 있다. 이를테면 미츠하의 손가락은 교복의 모양을 기억하고 있다. 교복 지퍼의 길이나 목깃의 단단함을 나 또한 자연스럽게 알고 있다. 가령 미츠하의 눈은 친구들을 보고 있으면 마음이 편해진다. 기분이 좋아진다. 미츠하가 누구를 좋아하고 누구를 꺼리는지, 물어보지 않아도 나는 알 수 있다. 할머니를 보면 내가 알 리 없는 추억까지 초점이 고장 난 사진기처럼 희미하게 머릿속에 떠오른다. 몸과 기억과 감성은 뗄 수 없을 만큼 단단히 연결되어 있다.

—타키.

아까부터 몸 안쪽에서 미츠하의 목소리가 들려온다.

타키, 타키.

금방이라도 울음을 터뜨릴 것만 같은 절실한 목소리다. 머나먼 별의 반짝임 같은 쓸쓸하고 흔들리는 목소리.

희미하던 초점이 또렷해진다. 타키 하고 미츠하가 부른다.

"나, 기억 안 나니?"

그날의 미츠하에 대한 기억을. 이내 나는 떠올려낸다.

○ ○ ○ ○ ○ ○ ○ ○ ○ ○ ○ ○

그날, 미츠하는 학교에 가지 않고 전철을 탔다.

도쿄로 가는 신칸선을 탈 수 있는 큰 터미널 역. 그곳에 가기 위한 지방선은 통학 시간임에도 꽤 한산했다. 노선에 가까운 학교는 없고, 그 주위에서 통근하는 사람은 모두 자동차를 이용한다.

"나 도쿄에 좀 다녀올게."

아침에 집을 나와 학교에 가다가 갑자기 미츠하는 여동생에게 그렇게 말했다.

"뭐? 지금? 왜?"

요츠하는 놀라서 언니에게 묻는다.

"뭐랄까, 데이트?"

"언니, 도쿄에 남친이 있었어?"

"으음, 내 데이트는 아니고……."

어떻게 설명해야 할지 몰라 미츠하는 우선 달리기 시작했다. 달리면서 덧붙였다.

"밤에는 돌아올 거야. 걱정하지 말고 있어!"

신칸선 창밖으로 휙휙 지나가는 경치를 바라보면서 미츠하는 생각했다.

오쿠데라 선배와 타키의 데이트 장소에 가서 어떻게 해야 하지. 아무리 그래도 셋이서 놀 수는 없으니까. 애초에 처음 가는 도쿄에서 나는 타키를 만날 수나 있을까. 만약 만난다고 해도—갑자기 찾아가면 민폐일까. 깜짝 놀랄까. 타키는 이런 거 싫어할까.

신칸선은 맥이 빠질 정도로 금방, 너무 쉽게 도쿄에 닿고 말았다. 엄청난 인파에 숨도 제대로 못 쉬면서 미츠하는 타키에게 전화를 걸었다. 지금 거신 전화번호는 없는 번호이거나, 전원이 꺼져 있거나, 전파가 닿지 않는…… 통화를 끊는다. 역시 전화가 안 된다.

만날 수 있을 리가 없다고 미츠하는 생각했다.

하지만 역 안내판을 시험문제처럼 뚫어져라 쳐다보며 미츠하는 애매한 기억에 의지해 거리로 나왔다.

하지만 만약 만난다면…….

야마노테선(山の手線)을 타고, 도영 버스를 타고, 걷고, 다시 전철을 타고, 또 걸었다.

어떻게 하지, 역시 민폐겠지. 불편해 하겠지. 아니면—.

가두에 설치된 대형 텔레비전에는 '티아마트 혜성 내일 가장 근접'이라는 글자가 떠 있다.

아니면, 혹시 만난다면, 조금은—.

걷다 지쳐서 육교에 올라 반짝이는 빌딩을 바라보면서 미츠하는 간절히 기도하듯이 생각했다.

만약 만난다면, 타키가 조금은, 기뻐한다면—.

미츠하는 다시 걷기 시작했다. 그리고 생각했다.

이런 식으로 무턱대고 찾아다닌다고 해서 만날 리 없어. 그럴 리 없지만 그래도 한 가지는 분명해. 우리는 만나면 반드시 바로 알아볼 거야. 나한테 들어왔던 사람이 너였구나 하고. 너에게 들어갔던 사람이 나였구나 하고.

아무도 절대로 틀리지 않는 덧셈 문제처럼 그것만큼은 미츠하는 100% 확신했다.

역 플랫폼의 지붕 사이로 회중전등 같은 석양이 가라앉았다.

미츠하는 계속 걸어서 피곤해진 다리를 아무렇게나 뻗고 역 벤치에 걸터앉았다. 이토모리에 비하면 비교도 안 될 정도로 전혀 감흥 없는 여린 빛의 석양을 멍한 눈으로 바라보았다. 음악 소리가 나고, 잠시 후 4번 선으로 지바(千葉) 행 완행이…… 하고 안내 방송이 흘러나왔다. 노란 전철이 플랫폼으로 미끄러지듯 들어왔다. 차체가 일으키는 미지근한 바람에 머리칼이 흩날렸다. 미츠하는 아무 생각 없이 전철의 창을 바라보았다.

문득 숨을 삼켰다.

벌떡 일어났다.

지금, 눈앞을 지나친 창 안에 그가 있다.

미츠하는 달리기 시작했다. 전철은 정차했고 그가 있던 창에는 금방 도착했다. 그래도 저녁 전철은 사람들로 붐벼서 밖에서는 그의 모습을 좀처럼 찾을 수 없었다. 거인이 숨을 내쉬는 듯한 소리가 나더니 문이 열렸다. 꽉 들어차 삐져나올 것 같은 차 안의 인파에 미츠하는 전율했다. 하지만 죄송합니다 하고 중얼거리며 오금을 땀으로 적시면서 사람들 사이로 몸을 욱여넣었다. 다시 거인의 숨소리가 나고 문이 닫혔다. 전철이 달리기 시작했다. '죄송합니다'를 반복하며 미츠하는 조금씩 앞으로 나아갔다. 그리고 한 소년 앞에서 멈췄다. 순간, 주변의 소리가 갑자기 사라지는 것 같았다.

눈앞에는 3년 전, 아직 중학생이었던 내가 서 있었다.

○ ○ ○ ○ ○ ○ ○ ○ ○ ○ ○ ○

자전거로는 더 이상 올라갈 수 없어.

그렇게 생각하자마자 앞바퀴가 나무뿌리에 걸려서 쭉 미끄러졌다.

나는 반사적으로 가까운 줄기를 잡았다. 몸에서 튕겨나간 자전거가 경사면을 낙하해서 3m 정도 아래로 곤두박질치며 큰 소리를 냈다. 바퀴가 휘었다. 미안, 테시가와라. 작게 중얼거리고 나는 좁은 산길을 달려 올라갔다.

왜 잊어버렸던 거지? 왜 지금까지 기억나지 않은 거지?

달리면서 안쪽에서 터져 나오는 기억을 응시했다.

미츠하. 3년 전 너는 그날, 내게—.

○ ○ ○ ○ ○ ○ ○ ○ ○ ○ ○ ○

—타키. 타키, 타키.

미츠하는 아까부터 입 안에서만 내 이름을 부르고 있다. 눈앞에 있는데도 단번에 알아보지 못하는 내게 어떤 말을 걸어야 할지, 어떤 표정을 지어야 할지, 금방이라도 울음이 터질 것처럼 진지하게 계속 생각한다. 이내 결심했는지 웃는 얼굴로 이름을 부른다.

"타키."

중학생인 나는 갑자기 이름을 불려서 놀란 나머지 고개를 든다. 우리는 키가 비슷하다. 눈앞에 왠지 눈물을 글썽이는 커다란 눈동자가 있다.

"응?"

"저기, 나야."

필사적인 미소를 띠며 그렇게 말하고 미츠하는 자신을 손가락으로 가리킨다. 나는 당황한다.

"응?"

"……나, 기억 안 나니?"

눈망울을 크게 뜨고 올려다보며 모르는 여자가 머뭇거리며 나에게 그렇게 묻는다.

"……네가 누군데?"

미츠하는 작게 비명 같은 숨을 내쉰다. 얼굴이 새빨개진다. 눈을 내리깔고 사그라질 듯한 목소리로 말한다.

"아…… 실례했어요."

전철이 크게 흔들린다. 승객은 모두 균형을 잡지만 미츠하만 크게 흔들리다가 나에게 부딪친다. 코끝에 머리칼이 닿아 샴푸 냄새가 희미하게 난다. 죄송합니다 하고 다시 미츠하는 중얼거린다. 이상한 아이네 하고 중학생인 나는 생각한다. 미츠하는 혼란스러운 머리로 필사적으로 생각한다. 그래도 타키가 맞는데, 어째서. 둘 모두에게 어색한 시간이 흐른다.

다음 역은 요츠야. 방송이 나오자 미츠하는 조금 안심이 되었다. 그러면서 동시에 견딜 수 없이 슬퍼진다. 그래도 더는 이곳에 있을 수 없다. 문이 열리고 내리는 승객의 뒤를 따라 미츠하도 걷기 시작한다. 멀어져가는 등을 보면서, 나는 문득 생각한다. 이 이상한 여자는 어쩌면 내가 알아야 할 사람인지도 모른다. 그런, 말로는 설명할 수 없는 강렬한 충동에 사로잡힌다. 저기! 하고 나는 말을 건다.

"네 이름은……."

미츠하가 돌아본다. 하지만 하차하는 인파에 떠밀려 멀어져간다. 미츠하는 갑자기 뒷머리를 묶고 있던 끈을 푼다. 그리고 내게 건네며 소리친다.

"미츠하!"

나는 엉겁결에 손을 뻗는다. 어스름한 전철에 가느다랗게 비추는 저녁놀처럼 선명한 오렌지색. 인파에 몸을 파묻고 나는 그 색을 세게 붙잡는다.

"내 이름은, 미츠하!"

○ ○ ○ ○ ○ ○ ○ ○ ○ ○ ○ ○

3년 전 그날. 너는 나를 만나러 왔었구나.

나는 이제야 겨우 그것을 깨달았다.

전철에서 모르는 여자가 말을 걸었을 뿐인, 내게는 완전히 기억에서 사라진 일이다. 하지만 미츠하는 그렇게도 많은 생각을 등에 짊어지고 도쿄에 왔다. 그리고 결정적으로 상처받고 마을로 돌아와 머리를 잘랐던 거다.

가슴이 아려왔다. 그래도 이제 어쩔 도리 없이 나는 그저 마구 달린다. 미츠하(나)의 얼굴도, 몸도 땀과 흙으로 뒤범벅이 되었다. 어느새 수목이 사라지고 내려다보니 금빛 융단 같은 구름이 넓게 퍼져 있다. 주변에는 이끼가 잔뜩 낀 바위가 널려 있다.

드디어 정상에 온 것이다.

나는 차가운 공기를 마음껏 들이마셨다. 그리고 모든 기억을 토해내듯이 있는 힘껏 소리 질렀다.

"미츠하―!"

목소리가 들렸다.

나는 고개를 들었다. 일어서서 주위를 둘러보았다.

나는 신체의 분지를 빙 두르고 있는 바위가 널려 있는 산 정상에 있다. 기울기 시작한 석양에 지상 모든 것의 그림자가 길게 늘어뜨려져 있다. 세계는 빛과 그림자 두 가지로 확실히 나뉘어 칠해져 있다. 그리고 그 안에 사람의 그림자는 전혀 없다.

"……타키?"

나는 중얼거렸다. 차가운 공기를 한껏 들이마셨다. 그리고 타키의 목으로 소리쳤다.

"타—키!"

들렸다.

있어. 미츠하는 여기에 있어.

나는 달렸다. 경사면을 올라가 분지를 빙 둘러싼 정상으로 달려 올라갔다.

360도. 모두 둘러보지만 사람의 그림자는 없다. 하지만 분명히 있다. 강하게 느껴진다. 나는 소리쳤다.

"미츠하—! 여기 있지? 내 몸 안에!"

타키다!

확신이 들었다. 모습이 보이지 않는 하늘에 큰 목소리로 외쳤다.

"타키! 있잖아, 어디야? 목소리는 들리는데!"

분지 위 정상을 나는 달렸다.

목소리가, 목소리만이 들린다.

이 목소리가— 내 목소리가, 미츠하의 목소리가 현실의 공기를 진동시키는 것인지, 아니면 영혼 같은 부분에서만 울리고 있는 것인지 알 수가 없다. 우리는 같은 장소에 있어도 3년을 떨어져 있으니까.

"미츠하, 어디야?"

그래도 나는 소리쳤다. 소리치지 않고는 배길 수 없었다. 분지 위를 있는 힘껏 달렸다. 그러면—.

그러면 타키를 따라잡을 수 있어. 그런 망상에 젖어서 나는 달렸다.

아!

나도 모르게 소리를 냈다. 나는 멈춰 선다.

멈춰 서서 나는 서둘러 돌아섰다.

방금 분명 지나쳤다.

따뜻한 기운이 눈앞에 있다. 가슴속에서 심장이 두방망이질 친다.

모습은 보이지 않지만, 분명 타키가, 여기에, 바로 여기에, 있다.

두근두근. 심장이 크게 고동친다.

여기에 있어. 나는 손을 뻗는다.

여기에 있어. 나는 손을 뻗는다.

……하지만, 손끝에 닿는 것은 아무것도 없다.

"……미츠하?"

대답을 기다린다. 하지만 아무런 대답이 없다.

역시 안 되는 건가. 못 만나는 건가. 다시 한 번 나는 주변을 둘러보았다. 산 위에는 나 혼자만 우두커니 서 있다.

나는 눈을 내리깔고 어찌할 바를 몰라 가늘고 긴 숨을 내쉬었다.

바람이 살랑 불어와 머리칼이 붕 떴다. 땀은 완전히 말랐다. 기온이 갑자기 떨어진 것 같아서 나는 석양을 바라보았다. 태양은 어느새 구름 뒤로 기울고 있었다. 직사광선에서 해방되자 빛도 그림자도 서로 녹아들어 세계의 윤곽이 희미하고 부드럽다. 하늘은 아직 빛나고 있지만 지상은 엷은 그림자에 푹 싸여 있다. 분홍빛 간접광이 주위를 가득 채우고 있다.

맞다. 이런 시간대를 부르는 말이 있었지. 타소가레. 타소카레. 카와타레. 사람의 윤곽이 흐릿해져서 이 세상이 아닌 것과 만나는 시간. 그 오래된 말. 나는 속삭인다.

—카타와레도키, 황혼이다.

목소리가 겹쳤다.

설마.

구름에서 서서히 눈을 떼고 나는 정면을 보았다.

그곳에는 미츠하가 있었다.

눈을 휘둥그레 뜬 채 멍하니 입을 벌리고서 나를 보고 있었다.

놀라기도 했지만 미츠하의 넋 나간 표정이 사랑스럽기도 하고 묘해서 나는 천천히 웃음기를 되찾았다.

"미츠하."

이름을 부르자 미츠하의 두 눈에 그렁그렁 눈물이 맺혔다.

"……타키? 타키? 타키? 타키?"

바보처럼 몇 번이고 내 이름을 부르며 미츠하가 내 양팔을 붙잡았다. 손가락에 힘이 들어갔다.

"……타키가 진짜로 있어."

미츠하는 쥐어짜 내듯 그렇게 말하더니 닭똥 같은 눈물을 뚝뚝 떨어뜨렸다.

드디어 만났다. 정말 만났다. 미츠하는 미츠하로서, 나는 나로서. 각자 자기의 몸을 입고 우리는 마주 서 있다. 마음이 놓였다. 말이 통하지 않는 나라에 오래 있다가 겨우 고향에 돌아온 것처럼 마음이 푹 놓였다. 온화한 기쁨이 온몸을 채웠다. 그저 울기만 하는 미츠하에게 나는 말했다.

"너를 만나러 왔어."

그건 그렇고 이 녀석의 눈물은 작은 구슬방울처럼 투명하고 방울방울 떨어지는구나. 나는 웃으며 이어 말했다.

"정말, 힘들었어! 네가 너무 멀리 있어서."

그렇다. 정말 멀리. 장소도, 시간도 다른 곳에.

눈을 깜박이며 미츠하는 나를 보았다.

"음…… 그런데 어떻게? 나 그때……."

"미츠하의 구치카미사케를 마셨거든."

지금까지 한 고생을 떠올리며 내가 그렇게 말하자 미츠하의 눈에서 눈물이 뚝 그친다.

"뭐……."

미츠하의 말문이 막혔다. 그거야 그렇겠지. 그건 감격할 만한 일이야, 그럼.

"아…… 난 몰라."

슬금슬금 나에게서 멀어져가는 미츠하. 응?

"아…… 그걸 마셨다고?"

"응?"

"바보! 변태!"

"으, 응?"

얼굴까지 새빨개졌다. 아무래도 미츠하는 화를 내고 있는 것 같다. 아니, 지금이 화낼 때인가?

"맞다! 그리고 너, 내 가슴 만졌지!"

"너!"

나는 한껏 동요한다.

"어, 어떻게 알았어……."

"요츠하가 다 봤으니까 알지!"

양손을 허리에 얹고 아이를 혼내듯이 미츠하가 윽박질렀다.

"아, 미안. 나도 모르게……."

그 꼬맹이가 괜한 소리를 했군. 손바닥에 땀이 밴다. 뭔가, 뭔가 핑계를 대야 한다. 나는 순간적으로 말했다.

"한 번, 딱 한 번이었어!"

이게 핑계냐! 멍청이 같으니라고.

"한 번뿐이라고? 흐음……."

어라? 미츠하는 생각에 잠겨 있다. 한 번뿐이라면 허용할 수 있단 거야? 의외로 먹히는 모양이다. 하지만 미츠하는 고개를 가로저으며 다시 인상을 썼다.

"……아니, 몇 번이든 마찬가지잖아! 바보야!"

역시 안 먹히는구나. 나는 단념하고 두 손을 모아서 "미안합니다!" 하고 머리를 숙였다. 사실 여러 번 만졌다고는 절대로 말할 수 없다.

"아, 그거……."

갑자기 표정을 바꾸더니 미츠하가 놀란 듯 내 오른손을

가리켰다. 나는 손목을 본다.

"아, 이거."

실매듭이다. 3년 전, 미츠하에게서 받은 것. 나는 실매듭에 걸어놓은 작은 고리를 풀고 빙글빙글 손목에서 돌려 빼면서 미츠하에게 말했다.

"너 말이야, 아는 사이도 되기 전에 무턱대고 만나러 오면 어떡해? 알아볼 리가 없잖아."

푼 실매듭을 미츠하에게 건넸다. 나는 그때 전철에 있던 미츠하의 마음을 생각하며 다정하게 말했다.

"3년, 내가 갖고 있었어. 이제는 미츠하가 갖고 있어."

"응!"

미츠하는 양손에 들고 있던 실매듭에서 고개를 들어 기쁜 듯 웃는 얼굴로 답했다. 미츠하가 웃으면—이제야 나는 깨닫는다. 세상 모든 것이 함께 기뻐하는 것만 같다.

미츠하는 자기 머리에 실매듭을 감는다. 끈을 세로로 두른 후 오른쪽 귀 위에서 나비매듭을 지었다.

"이러면 어때?"

미츠하는 발그레해진 볼로 눈을 치뜬 채 나에게 물었다. 실매듭이 리본이 되어 단발머리 옆에서 날갯짓한다.

"아……."

썩 어울리진 않는다고 나는 생각했다. 왠지 어린애 같다고 해야 하나. 게다가 애초에 이렇게 머리를 싹둑 자를 필요가 없었잖아. 제멋대로 와서 제멋대로 충격이나 받고. 나는 긴 생머리가 좋단 말이다.

나는 순간 생각했다. 하지만 이런 상황에서는 일단 칭찬하는 것이 정답이라는 것 정도는 알고 있다. 미츠하가 보내준 '인생에서 1밀리그램도 인기 있어본 적 없는 당신을 위한 대화 기술!'에도 여자는 일단 칭찬하면 된다고 쓰여 있었다.

"……뭐, 나쁘지 않아."

"……뭐!"

미츠하의 표정이 금세 어두워졌다. 어라?

"너, 안 어울린다고 생각하고 있지?"

"아!"

왜 들킨 거지?

"하, 하하…… 미안."

"하여튼…… 너 진짜!"

미츠하가 진짜 어이없다는 얼굴을 하더니 홍 하고 고개

를 돌린다. 이건 대체 무슨 상황이지? 나는 여자와 대화하는 것이 정말 힘들다.

후후 하고 미츠하가 웃기 시작한다. 배를 끌어안고 계속 웃는다. 뭐냐, 울다가 웃다가. 이 모습을 보고 있자니 왠지 내 가슴속에도 이상한 기분이 차올랐다. 나는 고개를 숙이고 한 손을 얼굴에 대고서 웃음을 터트렸다. 미츠하도 웃는다. 왠지 즐거워졌다. 우리는 함께 큰 소리로 웃었다. 부드럽게 빛나는 황혼의 세계. 그 끝에서 우리는 어린아이처럼 계속 웃었다.

조금씩 기온이 내려간다. 서서히 빛이 사그라진다.

"저기, 미츠하."

학교 끝나고 엄청 재미있게 놀고 나서 슬슬 집에 돌아갈 시간이 다가올 때 더 있고 싶어서 아쉬워하던 느낌. 어릴 때 느꼈던 그런 기분을 문득 느끼며 나는 미츠하에게 말했다.

"아직 해야 할 일이 남았어. 들어봐."

나는 테시가와라, 사야와 함께 세운 계획을 설명했다. 진지하게 끄덕이면서 내 말을 듣는 미츠하를 보며 이 녀석은 기억하고 있다는 것을 깨닫는다. 별이 떨어져서 마을이 사라졌다는 것을. 그때 자기가 한 번 죽었다는 것도. 미츠하에게 있어서 오늘 밤은 재연의 밤인 것이다.

“거의 다 왔다.”

미츠하가 하늘을 보더니 희미하게 흔들리는 목소리로 속삭였다. 시선을 따라가니 진한 감색으로 물든 서쪽 하늘에 긴 꼬리를 긋는 티아마트 혜성이 희미하게 떠올랐다.

“괜찮아. 아직 시간 있어.”

나는 스스로를 타이르듯 강하게 말했다.

“응, 해볼게. ……아, 카타와레도키구나, 황혼은 곧.”

그렇게 말하는 미츠하가 어느샌가 엷은 그림자 색으로 변했다.

“곧 끝날 거야.”

나는 말했다. 하늘에서는 석양의 흔적이 거의 사라졌다. 이제 곧 밤이 찾아올 것이다. 갑자기 솟아오르는 불안을 억누르듯 나는 웃는 얼굴로 밝게 미츠하를 불렀다.

“잠에서 깨어나도 서로를 잊지 않도록.”

나는 주머니에서 사인펜을 꺼냈다. 미츠하의 오른손을 잡고 손바닥에 펜으로 글씨를 써나갔다.

“이름을 써주자. 이렇게.”

그렇게 말하고 이번에는 미츠하의 손에 펜을 쥐여주었다.

"……그래!"

꽃이 피듯 미츠하가 방긋 웃었다. 미츠하는 내 오른손을 쥐더니 펜 끝을 댔다.

툭.

발밑에서 가볍게 작은 소리가 났다.

아래를 보니 펜이 땅에 떨어져 있다.

"어?"

나는 고개를 들었다.

눈앞에 아무도 없다.

"어……?"

주변을 둘러보았다.

"미츠하? 미츠하?"

나는 목소리를 높였다. 대답이 없었다. 서둘러 주변을 돌아다녔다. 풍경은 검푸른 어둠 속에 가라앉았다. 아래로는 검은 구름이 드넓게 펼쳐져 있다. 그 아래로 조롱박 모양의 호수가 어둠 속에서 희미하게 보였다.

미츠하는 사라졌다.

밤이 온 것이다.

3년 후의 내 몸으로 나는 돌아와 있었다.

오른손을 본다. 손목에 감겨 있던 실매듭은 이제 없다. 손바닥에는 쓰다 만 가늘고 짧은 선이 그려져 있다. 그 선을 가만히 어루만진다.

"……말하려고 했는데."

나는 그 선을 향해 작게 고백했다.

"네가 세상 어디에 있든 내가 꼭 다시 만나러 갈 거라고."

하늘을 올려다보았다. 혜성의 모습은 온데간데없고 어느새 별이 총총 떠 있었다.

"—너의 이름은, 미츠하."

기억을 확인하듯 확실한 것으로 만들기 위해 나는 눈을 감았다.

"……괜찮아. 기억하고 있어!"

강하게 자신하고 눈을 떴다. 멀리 흰 반달이 말간 얼굴을 비추고 있었다.

"미츠하, 미츠하…… 미츠하, 미츠하, 미츠하. 너의 이름은 미츠하!"

나는 있는 힘껏 반달을 향해 소리쳤다.

"너의 이름은……!"

갑자기, 뱉으려 했던 말의 윤곽이 흐려졌다.

나는 서둘러 펜을 집었다. 이름의 첫 글자를 손바닥에 쓰려고 한다.

"……!"

하지만 선을 하나 긋고 나서 내 손은 멈추고 말았다. 펜 끝이 흔들리기 시작했다. 그것을 멈추고 싶어서 나는 힘껏 펜을 쥐었다. 펜을 바늘처럼 찔러 넣고 사라지지 않게 이름을 새기려 했다. 하지만 펜 끝은 꿈쩍도 하지 않았다. 그리고 내 입에서 새어나온 한마디.

"……이름은, 뭐지?"

내 손에서 펜이 떨어진다.

사라진다. 너의 이름이. 너의 기억이.

"……나는 왜 여기에 왔지?"

나는 그것을 어떻게든 붙들어 매려고, 기억의 파편을 어떻게든 그러모으려고 목소리를 낸다.

"그 녀석을…… 그 녀석을 만나러 왔어! 구하려고 왔어! 살아 있어주었으면 해서 왔어!"

사라져간다. 그렇게도 소중한 것이 사라져간다.

"누구지, 누구야, 누구야, 누구야……?"

떨어져나간다. 분명 있었던 감정까지 흩어진다.

"소중한 사람. 잊어서는 안 되는 사람. 잊고 싶지 않았던 사람!"

슬픔도, 사랑스러움도 모두 사라져간다. 내가 왜 울고 있는지조차 나는 알지 못한다. 모래성을 허물 듯이 감정이 이리저리 흩어진다.

"누구지, 누구야. 누구야……?"

모래성이 다 허물어진 후에는 사라지지 않는 덩어리가 하나 남기 마련이다. 그것은 바로 아쉬움이라는 것을, 나는 안다. 그 순간에 나는 깨닫는다. 앞으로 내게 남는 것은 이 감정뿐이라는 것을. 누군가 억지로 맡긴 짐처럼 나는 아쉬움만을 떠안는다는 것을.

—괜찮겠지. 문득 나는 강하게, 아주 강하게 생각한다. 세상이 이렇게까지 가혹한 장소라면 나는 이 아쉬움만 가지고도 혼신의 힘을 쏟으며 살아갈 것이다. 이 감정만으로 계속 발버둥 칠 것이다. 서로 떨어져 있다 해도, 두 번 다시 만날 수 없어도, 나는 발버둥 칠 것이다. 내가 당신을 이해해줄 것 같으냐고 신에게 시비 거는 기분으로. 나는 한때 강하게 그렇게 생각했다. 내가 무언가를 잊어버렸다는 사

실 그 자체도 나는 곧 잊어버릴 것이다. 그러므로 이 감정 하나만을 디딤돌로 삼아 나는 마지막으로 다시 한 번 하늘을 향해 소리쳤다.

"너의 이름은?"

그 목소리는 메아리가 되어 밤이 내려앉은 산을 울렸다. 공허하게 반복적으로 질문하더니 조금씩 잦아든다.

이윽고 정적이 내려앉았다.

○ 제7장

아름답게, 발버둥 치다。

나는 달린다. 산짐승이 내어놓은 어두운 길을 그의 이름을 반복하면서 그저 달린다.

타키, 타키, 타키.

—걱정하지 마, 기억하고 있어. 절대 안 잊어버려.

이내 나무들 사이로 이토모리 마을의 불빛이 깜박깜박 보이기 시작한다. 바람에 실려 온 마츠리바야시가 드문드문 끊기며 희미하게 귓전을 때린다.

타키, 타키, 타키.

하늘을 올려다보자 길게 꼬리를 긋고 있는 티아마트 혜성이 달보다 밝게 빛나고 있다. 몸이 얼어붙을 것만 같은 공포를 나는 그의 이름을 외치며 꾹 억눌렀다.

너의 이름은, 타키!

스쿠터 소리에 고개를 들자 언덕을 올라오는 헤드라이트가 눈에 들어왔다.

"텟시!"

나는 소리를 지르며 스쿠터로 달려갔다.

"미츠하! 너 지금까지 어디에 있었어?"

혼내는 목소리다. 하지만 아무것도 설명할 수 없다. 교복 차림으로 소매를 걷어 올리고 마치 동굴을 탐험할 때 쓰는 것 같은 커다란 라이트가 달린 헬멧을 쓴 텟시에게 나는 타키가 한 말을 전했다.

"자전거 망가뜨려서 미안하대."

"뭐? 누가?"

"내가!"

텟시가 인상을 썼다. 하지만 아무 말 없이 스쿠터 엔진을 끄고 헬멧 라이트를 켰다. 달리면서 "나중에 다 설명해줘야 해!" 라고 거친 목소리로 말했다.

이토모리 변전소 · 사유지 출입 금지. 철망에는 그렇게 쓰인 안내판이 걸려 있고 그 안에서 변압기와 철탑이 복잡한 실루엣을 그리고 있었다. 무인 시설이고 불빛이라곤 기계에 띄엄띄엄 부착된 빨간 램프가 전부였다.

"저게 떨어진다고? 진짜로?"

하늘을 올려다보며 텟시가 나에게 그렇게 물었다. 우리는 변전소의 철망 앞에서 번쩍번쩍 빛나는 혜성을 올려다보았다.

"진짜야, 떨어져! 이 두 눈으로 똑똑히 봤어!"

나는 텟시의 눈을 똑바로 보고 말했다. 낙하까지 앞으로 두 시간. 설명할 시간이 없다. 텟시는 순간 의심스럽다는 표정을 짓더니 "후!" 하고 날카로운 숨을 내뱉은 후 씩 웃었다. 왠지 자포자기한 심정으로 쥐어짜 낸 것 같은 미소다.

"봤단 말이지! 그럼 할 수밖에 없겠네!"

텟시가 그렇게 말하고는 기세 좋게 스포츠 보스턴백을 열었다. 가방 안에는 갈색 종이에 싸인 달리기 경주 바통 같은 원통이 가득 들었다. 함수 폭약이다. 나는 꿀꺽 침을 삼켰다. 텟시는 커다란 절단기를 꺼내더니 변전소 입구에 빙글빙글 감긴 쇠사슬에 절단기 날을 대며, 미츠하 하고 내 이름을 불렀다.

"이걸 하면 더는 장난이라고 얼버무릴 수 없어."

"부탁이야. 책임은 전부 내가 질게."

"바보냐! 그런 이야기를 하는 게 아니잖아!"

화내듯 그렇게 말하고 텟시는 왠지 조금 얼굴을 붉혔다.

"이걸로 우리 둘은 사이좋게 공범이 되는 거야!"

칠흑 같은 어둠을 찢듯 쇠사슬이 잘려나가는 소리가 크게 울려 퍼졌다.

"마을이 정전되면 학교는 금방 비상용 전원으로 전환할 테니까! 그러면 방송 기기도 쓸 수 있어!"

스마트폰 너머로 텟시가 소리쳤다. 텟시는 스쿠터를 운전하고 있어서 나는 뒤에서 텟시의 입에 스마트폰을 대주고 있다. 지나가는 차는 거의 없고 밤의 도로를 따라 드문드문 민가의 불빛이 보인다. 그리고 우리가 향하는 곳에 산의 경사면을 끼고 불빛이 밀집한 구획이 있다. 가을 축제가 열리는 미야미즈 신사다. 나는 문득 오랫동안 떠나 있던 고향에 겨우 돌아온 것 같은 묘한 그리움을 느꼈다.

"미츠하, 사야가 바꿔달래."

나는 스마트폰을 내 귀에 댔다.

"야아~, 미츠하~!"

사야는 울먹거렸다.

"저기, 나 정말 해야 돼?"

불안 섞인 목소리에 가슴이 아려왔다. 나였어도 사야의 입장이었다면 울음을 참지 못했을 것이다. 이 밤에 방송실에 몰래 숨어 들어간 것만으로도 우정이 없다면 절대 할 수 없는 일이다.

"사야, 정말 미안해. 하지만 부탁이야!"

지금 나는 이 말밖에 할 수 없다.

"평생의 소원이야! 우리들이 이걸 하지 않으면 수많은 사람들이 죽게 돼! 방송을 시작하면 가능한 한 많이 반복해야 해!"

대답이 없다. 수화기 너머에서 코를 훌쩍이는 희미한 소리만 들릴 뿐이다.

"사야? 저기, 사야!"

나는 불안해졌다. 갑자기, 좋아, 라고 말하는 소리가 작게 들렸다.

"에라. 나도 모르겠다! 텟시한테도 한턱 쏘라고 전해줘!"

"사야가 뭐래?"

나는 스마트폰을 치마 주머니에 넣으면서 스쿠터 엔진에 묻히지 않도록 큰 목소리로 텟시의 물음에 대답했다.

"너도 한턱 쏘래."

"좋아! 분부 받들겠습니다!"

무언가를 다잡는 기세로 텟시가 소리친 그 순간, 불꽃놀이가 터지는 듯한 큰 소리가 등 뒤에서 울려 퍼졌다.

우리는 스쿠터를 멈추고 돌아보았다. 두 개, 세 개. 또 하나. 파열음이 연속으로 울려 퍼지고 방금 전까지 우리가 있던 산 중턱에서 굵고 검은 연기가 피어올랐다. 거대한 송전탑이 슬로모션처럼 기울었다.

"텟시!"

목소리가 떨렸다.

"하하!"

웃음소리처럼 들리는 텟시의 숨소리도 떨리고 있다.

그때 조금 더 큰 폭발음이 나고 마을 안의 불빛이 갑자기 꺼졌다.

야 하고 왠지 멍한 목소리로 텟시가 말했다.

"정전이야."

그 말을 나도 되뇌었다.

우리가 해낸 거야.

갑자기 사이렌이 봇물 터지듯 울리기 시작했다.

웨에에에엥……!

마을 안에 있는 모든 스피커에서 귀청을 찢는 폭력적인 음량으로 사이렌이 울려 퍼졌다. 거인의 비명 같은 그 불길한 소리는 산에 부딪쳐 빙글빙글 마을을 포위한다.

사야다. 방재 무선을 해킹한 거야.

우리는 말없이 서로 고개를 끄덕이고 다시 스쿠터에 올라탔다. 신사를 향해 달리자 마치 우리를 뒤에서 응원하듯 사야의 목소리가 스피커에서 흘러나왔다. 사야는 작전 때 쓴 문장을 천천히 읽어나갔다. 조금 전까지 울먹이던 목소리가 거짓말처럼 차분한 어조로 바뀌었다.

『주민 여러분, 안녕하십니까. 이토모리 마을 주민 센터입니다. 이토모리 변전소에서 폭발 사고가 발생했습니다. 2차 폭발과 산불 위험이 있습니다.』

텟시의 스쿠터는 큰 도로를 빠져나가 좁은 산길에 접어들었다. 신사로 이어지는 두 언덕길 중 경사가 비교적 완만한 곳인데, 이 길로 가면 참배로의 돌계단을 오르지 않아도 스쿠터로 본전까지 갈 수 있다. 나는 덜컹덜컹 흔들리는 뒷

좌석에서 텟시의 등에 꼭 달라붙어 온 마을에 울려 퍼지는 사야의 목소리를 듣고 있었다. 사야의 목소리는 언니의 목소리와 똑같으니 주민 센터의 방송이 아니라고 의심하는 사람은 분명 아무도 없을 것이다.

『다음 지역에 계신 분은 지금 즉시 이토모리 고등학교로 대피해주십시오. 카도이리(門入り) 지구, 사카가미(坂上) 지구, 미야모리(宮守) 지구, 오야자와(親沢) 지구…….』

"드디어 때가 왔어. 가자, 미츠하!"
"응!"

우리는 스쿠터에서 뛰어내렸다. 신사 뒷산 경사면에 설치된 나무 계단을 달려 내려갔다. 나무들 사이로 경내에 죽 늘어선 포장마차 지붕이 보였다. 그 사이를 우왕좌왕하는 사람들 모습이, 마치 너무 많은 물고기를 넣어둔 어두운 수조처럼 보였다. 달리면서 우리는 헬멧을 벗어 던졌다.

『다시 알려드립니다. 여기는 이토모리 마을 주민 센터입니다. 변전소에서, 폭발 사고가 발생했습니다. 2차 폭발과, 산불의 위험성이 있습니다…….』

계단을 내려가 닿은 곳은 본선의 뒤쪽이었다. 축제 회장에 모인 사람들의 실루엣이 보였다. 사람들은 불안한지 웅성거리고 있다. 나와 텟시는 누가 먼저랄 것 없이 그 안으로 뛰어들었다. 우리는 달리면서 외쳤다.

"도망쳐요! 산불이 났어요. 여기는 위험해요!"

텟시의 목소리는 마치 메가폰을 대고 말하는 것처럼 엄청나게 크다. 질세라 나도 크게 소리친다. 도망가세요, 산불이에요, 도망가세요! 그리고 경내 한복판으로 우리는 뛰쳐나갔다.

"어, 진짜 산불이래!"

"얼른 도망가자."

"고등학교까지 걸어가면 되나?"

방재 무선을 듣고 만들어지던 대피 행렬이 우리의 외침에 더 속도를 높였다. 유카타 차림의 남녀, 아이들, 손자와 손을 잡은 어르신이 출구인 도리이를 향해 천천히 걷고 있었다. 나는 안심했다. 분명 늦지 않을 거야. 그 사람 덕분에.

……그 사람?

"미츠하!"

텟시의 날카로운 목소리에 그를 올려다보았다.

"여기가 큰일이야!"

텟시의 시선을 좇아 그 언저리를 보니 포장마차 옆에 태평하게 앉아 있거나 서서 잡담하는 사람들이 많았다. 담배를 피우거나 술을 마시면서 즐겁게 담소마저 나누고 있었다.

"산불이 진짜로 덮치지 않는 이상 이 사람들 전부는 안 움직일 거야! 소방서에 출동 요청해서 대피를 유도해야 해. 너, 이장님한테 가서 이번에야말로 이장님을……."

텟시의 초조한 목소리가 바로 머리 위에서 울려 퍼졌다. 하지만 유독 멀리 들렸다. ……그 사람?

"야, 미츠하…… 왜 그래?"

"……텟시. 저기, 어쩌지?"

아무것도 생각나지 않았다. 정신 차리자 나는 텟시에게 호소하고 있었다.

"그 사람의 이름이…… 기억이 안 나!"

텟시의 얼굴이 걱정스러운 듯 일그러졌다.

"허튼소리 그만해!"

갑자기 텟시가 버럭 소리를 지른다.

"주변을 좀 보라고! 이건 전부, 네가 시작한 일이잖아!"

진심으로 화난 얼굴로 텟시가 나를 노려보고 있다. 지금 당장 이토모리 고등학교로 대피해주십시오—스피커에서 반복되는 사야의 목소리가 울음을 터뜨릴 듯 떨리고 있다는 사실을 이제야 나는 깨달았다.

"미츠하, 가!"

이번에는 애원하듯 텟시가 비통하게 절규했다.

"가서 아버지를 설득해!"

따귀라도 맞은 것처럼 등이 쭉 펴졌다.

"……응!"

나는 있는 힘껏 크게 대답하고 있는 힘껏 달렸다. 등 뒤에서 텟시가 외치는 소리가 다시 들렸다.

"다들 도망가시라고요. 고등학교로 도망가야 해요!"

온 마을에 사야의 목소리가 메아리쳤다.

『산불 위험이 있습니다. 이토모리 고등학교로 대피해주십시오.』

나는 사람들 사이사이를 파고들며 도리이를 지나 참배로의 석단을 내려갔다.

이건 전부, 네가 시작한 일이야— 텟시는 그렇게 말했다.

그렇다. 이것은 내가, 아니, 우리가 시작한 일이다. 나는 달리면서 머리 위 혜성을 노려보았다. 지상의 불빛이 꺼져서인지 혜성은 훨씬 더 밝아 보였다. 구름 위로 길게 꼬리를 늘어뜨리며 거대한 나방처럼 빛나는 인분(鱗粉)을 흩뿌리고 있다.

"네 마음대로는 안 될 거야."

나는 싸움을 걸었다. 괜찮아. 아직 시간은 있어ㅡ 누군가에게서 들은 그 말을 나는 입속에서 되뇐다.

ㅇ ㅇ ㅇ ㅇ ㅇ ㅇ ㅇ ㅇ ㅇ ㅇ ㅇ ㅇ

때는 초가을, 나는 아직 중학생이었다.

아버지와 둘만의 생활에 겨우 익숙해질 무렵이었다. 둘이서 힘들게 만든 것치고는 그리 맛있지 않은 저녁을 먹고 나서 아버지는 맥주를, 나는 사과를 먹으며 차를 마시고 있었다.

그날 텔레비전은 혜성의 최근접 뉴스를 보도하느라 바빴다. 나는 별에도, 우주에도 특히 흥미가 없었지만 1,200년 주기로 태양을 돈다느니, 궤도 반경이 168억km 이상이라느니, 인간과는 전혀 다른 그런 스케일의 현상이 실은 이 세상에 넘쳐난다는 것이 뭔가 대단하다고 생각했다. 바보 같은 감상이지만, 온몸의 털이 곤두설 정도로 엄청나서 심장이 떨릴 정도로 무섭다고 생각했다.

『보십시오!』

갑자기 흥분한 목소리로 실황 중계 중인 아나운서가 소리쳤다.

『혜성이 둘로 분열한 듯 보입니다. 그 주변에는…… 무수한 유성이 발생한 것 같습니다.』

카메라가 줌인하자 도쿄의 고층 빌딩을 배경으로, 분명 혜성은 두 갈래로 나뉘어 있는 듯 보였다. 유성군 같은 가느다란 선이 혜성 끝에 나타났다 사그라졌다. 그것은 마치 일부러 만든 것처럼 정교하고 아름다웠다. 나는 나도 모르게 눈을 휘둥그레 떴다.

ㅇ ㅇ ㅇ ㅇ ㅇ ㅇ ㅇ ㅇ ㅇ ㅇ ㅇ ㅇ

방재 무선 방송에 갑자기 벌컥, 문 열리는 소리가 섞였다.

사야의 짧은 비명이 들리고 이어서 익숙한 남자들의 목

소리가 스피커를 통해 흘러나왔다.

『너, 지금 뭐하는 거야!』

『빨리 끄라고!』

의자가 쓰러지는 소리가 나고 그 후에 짧은 하울링을 남기고 방재 무선은 뚝 끊겼다.

"사야……!"

나는 멈춰 서서 나도 모르게 소리쳤다.

선생님한테 들켰구나. 굵은 땀방울이 이제야 생각났다는 듯 흘러내렸다. 땀방울이 뚝뚝 소리를 내며 아스팔트에 떨어졌다. 여기는 호수를 빙 두르고 있는 큰 도로로, 주민 센터와 학교로 이어지는 길이다. 고등학교로 대피하려고 했던 사람들 사이에서 당황하는 목소리가 났다.

"뭐야, 무슨 일이야?"

"어라, 무슨 문제가 있나?"

"대피해야 하는 거야?"

큰일이라고 생각한 순간 방재 무선에서 다시 목소리가 흘러나왔다.

『여기는 이토모리 주민 센터입니다.』

사야도, 사야의 언니도 아니다. 가끔 들어본 적 있는 주민 센터 방송 담당 아저씨의 목소리였다.

『현재 사고 상황을 확인 중입니다. 주민 여러분은 당황하지 마시고 그 자리에서 대기해주십시오. 지시를 기다려주십시오.』

튕기듯 나는 또 달렸다.

무선 발신처가 들통 나 주민 센터에서 학교로 연락을 한 것이다.

사야가 선생님들에게 추궁당할 거야. 이대로라면 텟시도 곤란해질 거야.

『다시 말씀드립니다. 당황하지 마시고 지시를 기다려주십시오.』

대기하면 안 돼!

이런 방송 그만두게 해야 해!

나는 도로에서 빠져나와 아스팔트 틈새로 덤불이 우거진 비탈길로 들어섰다. 주민 센터로 가는 지름길이다. 다리의 맨살이 덤불 가시에 긁혀서 따끔따끔 통증이 일었다. 거미줄이 얼굴에 들러붙고 정체를 알 수 없는 날벌레가 입속으로 날아들었다.

겨우 비탈길을 다 내려가 나는 다시 아스팔트를 달렸다.

주변에는 아무도 보이지 않았다. 그 자리에서 대기하라는 방재 무선 소리만이 가득 울려 퍼졌다. 나는 입에 고인 침을 뱉은 후, 땀과 눈물과 거미줄로 범벅이 된 얼굴을 소매로 쓱 닦으며 달렸다. 더는 힘이 들어가지 않아서 다리가 후들거렸다.

그래도 멈추지 않았다. 내리막길이라 속도가 떨어지지 않았다. 완만한 커브라 몸이 가드레일로 가까이 다가갔다. 그 아래는 호수로 이어지는 경사면이다.

"……어?"

위화감이 느껴져 문득 시선을 돌렸다. 호수가 엷게 빛나고 있다.

나는 달리면서 호수를 바라보았다.

아니야. 물이 빛나는 게 아니라 잔잔한 수면이 하늘을 비추고 있는 거야. 마치 거울처럼, 호수에는 두 갈래로 빛나는 꼬리가 비치고 있다. ……두 갈래? 나는 하늘을 올려다보았다.

—아, 결국 혜성이,

"……갈라졌어!"

ㅇㅇㅇㅇㅇㅇㅇㅇㅇㅇㅇㅇ

나는 계속 텔레비전 채널을 돌렸다.

모든 방송국이 갑자기 발생한 예상 밖의 천체 쇼를 격앙된 목소리로 전하고 있었다.

『확실히 혜성이 두 갈래로 갈라졌습니다.』

『이것은 사전에는 예상하지 못했지요.』

『하지만 이것은 매우 환상적인 광경입니다.』

『혜성의 핵이 나뉘었다고 판단해도 좋을까요.』

『기조력, 로슈 한계는 넘지 않았을 테니 생각할 수 있는 것은 혜성 내부에서 어떤 이변이 발생해…….』

『아직 국립 천문대의 발표는 없습니다만…….』

『비슷한 사례로는 1994년의 슈메이커 레비 혜성이 목성에 낙하했고 그때는 적어도 21개의 파편으로 분열한 적이…….』

『위험성은 없을까요?』

『혜성은 얼음 덩어리니까 아마도 지표에 도달하기 전에 융해될 것으로 보입니다. 또 가령 운석이 되었다 하더라도, 확률적으로 사람이 거주하는 지역에 낙하할 가능성은 매우 낮으며…….』

『실시간 파편 궤도 예측은 어려우며…….』

『이 정도로 장대하고 아름다운 천체 현상을 목격하는 것은, 또 일본에서 때마침 밤 시간대에 발생하는 것은 이 시대를 살아가는 우리에게는 실로 천년에 한 번 오는 행운이라 할 수 있을까요.』

"저 잠깐 나가서 보고 올게요!"

엉겁결에 의자에서 벌떡 일어나 아버지에게 그렇게 말하고 아파트 계단을 내려왔다.

근처 높은 곳에 가서 밤하늘을 올려다보았다.

무수히 반짝이는 빛이— 마치 하늘에 또 하나의 도쿄가 뒤덮여 있는 것처럼 그곳에 있었다. 그것은 꿈속 풍경처럼 그저 한없이 아름다운 광경이었다.

○ ○ ○ ○ ○ ○ ○ ○ ○ ○ ○ ○

둘로 나뉜 혜성이 정전된 마을을 미아처럼 혼자서 뛰어다니는 내 외로움을 확실히 비추었다.

—누구지? 그 사람은 누구지?

혜성에서 눈을 떼지 못한 채 계속 달리면서 나는 필사적으로 생각했다.

—소중한 사람. 잊어서는 안 되는 사람. 잊고 싶지 않았던 사람.

주민 센터까지 이제 얼마 남지 않았다. 그 혜성이 운석이 되어 떨어지기까지도 얼마 남지 않았다.

—누구야? 너는 누구야?

마지막 힘을 짜낸다. 나는 속도를 높인다.

—너의 이름은?

꺄악! 하고 절로 비명이 나왔다.

발부리가 아스팔트가 움푹 꺼진 곳에 끼어 넘어지겠다 싶었던 순간에는 이미 땅이 눈앞에 있었다. 얼굴을 부딪친 충격이 느껴졌고 몸이 맥없이 뒹굴었다. 찌르는 듯한 고통이 번지고 시야가 돌아가고 이내 의식이 끊겼다.

………………….

……………

……그래도.

너의 목소리가 귓전을 울린다.

"잠에서 깨어나도 서로를 잊지 않도록."

그때 너는 그렇게 말하고는 "이름을 써주자" 라며 내 손에 적었지.

쓰러진 채 나는 눈을 떴다.

욱신욱신 시야가 번졌다. 눈앞에 꼭 쥔 내 오른손이 있다. 손가락을 편다. 펴려고 애쓴다. 하지만 손이 단단히 굳었다. 그래도 조금씩 나는 손가락을 폈다.

뭔가가 쓰여 있다. 나는 글자를 본다.

좋아해.

순간 숨이 멈춘다. 나는 일어서려 한다. 힘이 잘 들어가지 않아서 시간이 오래 걸린다. 그래도 내 두 다리는 다시 아스팔트 위에 섰다. 그리고 다시 한 번 손바닥을 본다. 언젠가 본 적 있는 그리운 필체로 '좋아해' 라고만 쓰여 있다.

……이래선.

나는 생각했다. 눈물이 흘러서 시야가 다시 흐려진다. 눈물과 함께 몸속에 따스한 파도가 밀려들었다. 나는 울면서 너에게 말했다.

이래선, 이름을 알 수가 없잖아.

그리고 다시 한 번 있는 힘껏 달린다.

이제 아무것도 무섭지 않다. 더는 아무도 두렵지 않다. 나는 더 이상 외롭지 않다.

겨우 알았다.

나는 사랑을 하고 있다. 우리는 사랑하고 있다.

그러므로 꼭 반드시 또 만날 거야.

그러니 살 거야.

나는 살아남을 거야.

무슨 일이 있어도, 별이 떨어지더라도, 나는 살 거야.

○ ○ ○ ○ ○ ○ ○ ○ ○ ○ ○ ○

혜성의 핵이 근지점에서 갈라지는 것도, 얼음으로 뒤덮인 내부에 거대한 바윗덩어리가 숨어 있었다는 것도 아무도 예측하지 못했다.

마침 그날은 마을의 가을 축제였다고 한다. 낙하 시각은 20시 42분. 충돌 지점은 축제 무대였던 미야미즈 신사 부근.

운석 낙하로 신사를 중심으로 넓은 범위가 순식간에 괴멸했다. 충격에 의해 형성된 크레이터의 직경은 약 1km에 달했다.

그곳에 인접한 호수의 물이 흘러들어와 마을 대부분이 호수에 잠기고 말았다. 이토모리는 인류 역사상 최악의 운석 재해의 무대가 된 것이다.

조롱박 모양의 신 이토모리 호수를 내려다보면서 나는 그런 기억을 떠올렸다.

희미한 아침 안개 속에서 햇살을 반사하는 그 모습은 한없이 조용하고 평화로웠으며, 3년 전 그런 참극이 일어난 무대였다고는 도저히 상상할 수 없었다. 3년 전에 도쿄의 하늘에서 본 혜성이 이것을 만들었다는 것도 왠지 잘 이해되지 않았다.

바위만 나뒹구는 산 정상에 나는 혼자 서 있다.

잠에서 깨어나니 여기에 있었다.

문득 나는 오른손을 본다. 손바닥에 쓰다 만 글씨처럼 보이는 선이 하나 있다.

"이게, 뭐야……?"

나는 작게 중얼거렸다.

"내가 이런 곳에서 무엇을 하고 있었지?"

제8장

너의 이름은。

나도 모르는 사이, 몸에 밴 버릇이 있다.

가령 초조할 때 목덜미를 만진다든가, 세수할 때 거울에 비친 내 눈을 들여다보는 것. 바쁜 아침이라도 현관에서 나와 잠시 풍경을 바라보는 것.

그리고 의미를 알 수 없지만 그저 손바닥을 바라보는 것.

다음 역은 요요기, 요요기.

안내방송이 흘러나오자 나는 내가 또 그러고 있다는 것을 깨닫는다. 오른손에서 시선을 거두고 무심히 창밖을 본다. 속도를 줄이는 전철 창밖으로 플랫폼에 선 수많은 사람들이 지나간다.

갑자기 온몸의 털이 곤두섰다.

'그녀다.'

조금 늦게 나는 생각했다.

플랫폼에 그녀가 서 있었다.

전철이 정차한 후 문이 다 열리는 것을 기다리지 못하고 나는 전철에서 뛰어내렸다. 온몸을 이리저리 돌리며 플랫폼 안을 훑었다. 승객 몇 명이 나를 수상하게 보며 지나친 후에야 나는 겨우 냉정을 되찾았다.

딱히 찾는 사람이 있는 것도 아니다. '그녀'란 그 누구도 아니다.

이 또한 나도 모르는 사이에 밴 묘한 습관 중 하나다.

정신을 차리면 나는 다시 플랫폼에 선 채로 손바닥을 바라보고 있다. 그리고 앞으로 조금만 더— 라고 생각한다.

조금만이라도 좋아. 아주 조금만이라도 좋아.

그다음 바람을 알지 못한 채, 그래도 나는 언제부턴가 무언가를 바라고 있다.

"귀사에 입사지원을 한 이유는 제가 건물을—아니, 거리의 풍경을, 사람들이 살고 있는 풍경 전반을 좋아하기 때문입니다."

눈앞에 앉아 있는 면접관 네 명의 얼굴이 살짝 어두워졌다. 기분 탓일 거라고 나는 생각했다. 2차 면접까지 올라온 것은 이 회사가 처음이다. 놓칠 수 없다고 생각하며 나는 다시금 기합을 넣었다.

"예전부터 그랬습니다. 저도 자세한 이유는 잘 모르겠지만, 음…… 그냥 좋습니다. 건물을 바라보거나 그곳에서 살아가거나 일하는 사람들을 바라보는 것이. 그래서 카페나 레스토랑에 자주 갔습니다. 아르바이트도 했고요……."

"그렇군."

면접관 중 한 사람이 부드럽게 내 말을 막으며 말했다.

"그럼, 왜 요식업이 아니라 건설업계를 지망했는지 설명해줄 수 있나요?"

그렇게 물어본 것은 네 명 중 유일하게 상냥해 보이는 중년 여성이었다. 그녀 덕에 내가 엉뚱한 지망 동기를 말했다는 사실을 겨우 깨달았다. 익숙하지 않은 양복 속에서 땀이 비 오듯 쏟아졌다.

"그것은……. 아르바이트에서 손님을 대하는 것도 재미있었지만, 더 큰 것에 관여하고 싶다고 해야 할까……."

더 큰 것? 무슨 중학생의 대답이냐. 얼굴이 빨개지는 것을 스스로 느낄 수 있을 정도였다.

"다시 말해…… 도쿄도 언제 사라져버릴지 모른다고 생

각합니다."

면접관의 표정이 이번에야말로 확실히 어두워졌다. 목덜미를 만지고 있었다는 것을 깨닫고 서둘러 양손을 무릎 위로 다시 모아 올렸다.

"그러므로 만약 사라지더라도, 아니, 사라지기 때문에 기억 속에서라도 사람들 마음을 따뜻하게 해줄 풍경을 만들고……."

아, 글렀다. 내가 말해놓고 무슨 말을 하는지 모르겠다. 여기도 탈락이다. 면접관 뒤로 우뚝 솟은 잿빛 고층 빌딩을 힐끔 쳐다보면서 나는 울고 싶은 기분으로 그렇게 생각했다.

"오늘까지 몇 군데 면접 봤어?"

타카기가 물었다.

"세어보지도 않았어."

나는 우울하게 대답했다.

츠카사가 유독 즐거워하며 "붙을 것 같지 않네" 라고 말하기에 "악담하지 마!" 라고 퉁명스럽게 쏘아붙였다.

"양복이 너무 안 어울리는 거 아니야?"

타카기가 히죽 웃으며 말한다.

"우리 다 마찬가지잖아!"

나는 버럭했다.

"난 두 곳 예비합격."

즐거운 듯 타카기가 말했다.

"난 여덟 곳."

깔보듯 츠카사가 말했다.

"이런……!"

대꾸할 말이 없었다. 굴욕으로 떨리는 손끝에서 커피 잔이 달각달각 소리를 냈다.

띠리링.

테이블에 둔 스마트폰이 울렸다. 나는 메시지를 확인하고 남은 커피를 단숨에 들이마신 후 의자에서 일어섰다.

그러고 보니 고등학교 때 이 카페에 셋이 자주 왔는데. 문득 그런 생각이 든 것은, 츠카사, 타카기와 손을 흔들고 헤어져 잰걸음으로 역으로 향하려 할 때쯤이었다. 그때는 속 편했지. 장래나 취직 따위 생각할 필요도 없었고. 게다가 왠지 매일이 바보처럼 즐거웠다. 특히 그 여름은— 고등학교 2학년 때였던가. 그 여름은 특히 즐거웠던 것 같다. 눈에 비치는 모든 것에 나는 두근두근 심장이 뛰었다. —무슨 일이 있었던 거지, 나는 생각했지만 딱히 특별한 일은 아무것도 없었다고 결론지었다. 그저 낙엽이 굴러다니는 것만 봐도 즐거울 나이라서 그랬겠지.

……아, 그런데 이 말은 소녀에게 쓰는 관용구던가. 멍하니 그런 생각을 하면서 나는 지하철 계단을 내려갔다.

"오, 구직 활동 중이구나."

오쿠데라 선배가 스마트폰에서 얼굴을 들고 내 양복 차림을 보더니 웃으며 말했다. 저녁 무렵의 요츠야 역 앞은 하루 업무나 학교에서 해방된 사람들이 자아내는 어딘지 편안한 술렁임으로 가득하다.

"하하. 뭐, 꽤 고전하고 있지만요."

내 말을 듣고 선배는 "흐음" 하는 소리를 내더니 얼굴을 가까이 들이댔다. 머리끝에서 발끝까지 어딘가 심각한 얼굴로 훑어보았다. 그러고는 심각한 표정으로 말했다.

"양복이 안 어울려서 그런 거 아니야?"

"그, 그렇게 안 어울려요?"

나는 엉겁결에 내 몸을 내려다보았다.

"뭐야, 농담이야!"

갑자기 표정을 확 바꾸고는 한가득 미소를 띠고 선배가 말했다.

조금 걷자는 선배를 따라 우리는 대학생 인파를 거스르며 신주쿠도리(新宿通り)를 걸어갔다. 기오이초(紀尾井町)를 가로질러 벤케이바시를 건넜다. 가로수가 물들어 있다는 것을 나는 처음으로 깨닫는다. 스쳐 지나가는 사람들은 절반 정도가 얇은 코트를 걸치고 있다. 오쿠데라 선배도 헐렁한 애시그레이 코트를 걸치고 있었다.

"오늘은 웬일이세요? 갑자기 문자를 보내시고."

나만 계절을 못 따라가고 있구나 생각하면서 곁을 걷는 선배에게 물었다.

"뭐야."

선배는 립글로스를 바른 입술을 비죽 내밀었다.

"용건 없으면 연락하면 안 돼?"

"그, 그, 그게 아니라!"

나는 당황해서 손을 저었다.

"오랜만에 나 보니까 반갑지?"

"아, 네. 반가워요."

내 대답이 만족스러웠는지 미소를 지으며 선배는 말했다.

"일 때문에 온 김에 잠깐 타키 얼굴 좀 볼까 했지."

대형 어패럴 체인에 근무하는 선배는 지금은 지바에 있는 지사에서 일한다고 했다.

"교외 생활도 나름대로 즐겁지만, 역시 도쿄는 활기차고 특별하네."

왠지 눈부시다는 듯 주변을 바라보면서 선배가 말했다.

저기 봐, 선배의 말에 나는 고개를 들었다.

육교를 건너는 내 눈높이에 가전 양판점의 대형 모니터가 걸려 있다. 화면에는 조롱박 모양의 이토모리 호수 항공 영상과 '혜성 재해 이후 8년'이라는 큰 글씨가 떠 있다.

"우리 언젠가 이토모리까지 간 적 있잖아?"

먼 기억을 더듬듯이 눈을 가늘게 뜨고 선배가 말했다.

"그게 언제더라. 타키가 아직 고등학생이었으니까……."

"5년 전이죠."

나는 말을 이었다.

"그렇게나 됐어……."

선배는 놀란 듯 작게 숨을 뱉었다.

"왠지 많은 것을 잊어버리고 사는 것 같아."

그러게요 하고 나도 속으로 동의했다. 육교를 내려와 아카사카고요치(赤坂御用地)를 따라 난 소토보리도리(外堀通り)를 걸으면서 나는 당시의 기억을 더듬으려 애썼다.

고등학교 2학년 여름— 아니, 그것은 딱 이맘때쯤, 그러니까 초가을이었다. 나는 츠카사, 오쿠데라 선배와 셋이서 짧은 여행을 떠났다. 신칸선과 특급을 갈아타고 기후까지 가서 지방선을 따라 난 허허벌판을 정처 없이 헤맸다. 그렇다. 국도 옆에 덩그러니 서 있던 라멘 가게에 들어갔다. 그리고……. 그러고 나서의 기억은 마치 전생의 기억처럼 멀고 희미하다. 다투기라도 했던 것일까. 나만 둘과는 다른 행동을 취한 것은 그럭저럭 기억하고 있다. 혼자서 어딘가 산에 올랐고, 거기서 밤을 지새우고 다음 날 홀로 도쿄로 돌아왔다.

그렇다. 그 시절, 나는 혜성을 둘러싸고 일어난 그 일련의 사건에 무척 관심을 기울였었다.

혜성 파편이 한 마을을 파괴했다. 인류 역사상 매우 드문 자연 재해. 그럼에도 마을 주민은 거의 무사했다는 기적 같은 하룻밤. 혜성이 떨어진 그날, 이토모리에서는 우연히도 온 주민이 참가하는 대피 훈련이 있어서 주민 대부분이 피해 범위 바깥에 있었다고 한다.

너무 큰 우연과 행운에 재해 후에는 온갖 소문이 떠돌았던 것으로 기억한다. 전대미문의 천체 현상과 유별난 마을 주민들의 행운은 수많은 언론과 사람들의 상상력을 자극하기에 충분했다. 이토모리의 용신(龍神) 전설과 혜성 근접을 관련짓는 민속학적인 것부터 대피를 강행했다는 이토모리 이장의 통솔력을 칭찬하거나 의문시하는 정치적인 주장, 나아가 운석 낙하는 사실 예견된 것이었다는 오컬트적인 것까지. 잡다하고 무책임한 말이 연일 떠돌았다. 원체 육지의 섬과도 같은 비경을 품은 마을이었던 것이나 운석 낙하 두 시간 전에는 전 지역이 정전이 되었다는 기묘한 정보도 사람들의 억측에 박차를 가했다. 다른 지역에서 재해민을 받아들이는 프로그램이 일단락될 때까지 세간의 열광은 이어졌다. 하지만 수많은 사건과 마찬가지로 계절이 끝날 무렵 즈음에는 이토모리에 대한 이야기는 항간에서 서서히 사라져갔다.

그건 그렇더라도— 나는 새삼스럽게 묘한 충동이 들었다. 이토모리의 풍경 스케치까지, 나는 몇 장이고 그렸다. 심지어 열병과도 같았던 그런 나의 흥미는 혜성 낙하부터 몇 년 후에 갑자기 끓어올랐던 것이다. 마치 늦게 찾아온 혜성처럼 갑자기 나를 찾아와 흔적 없이 사라져버린 무언가. 그것은 대체—.

뭐, 이제 와서 무슨 상관이 있겠어. 소토보리도리 옆의 높은 지대에서 저녁 어둠에 잠겨 들어가는 요츠야 거리를 바라보며 나는 생각했다. 이제 와서 무슨 상관이 있겠어. 벽에 새기듯 그렇게 생각했다. 잘 기억나지 않는 옛날 일보다 당장 내년의 취직을 고민하는 것이 먼저니까.

"바람이 부네."

속삭이듯 선배가 말했다. 그녀의 웨이브 진 긴 머리가 살랑 날렸다. 아주 옛날, 아주 먼 어딘가에서 맡았던 달콤한 냄새가 희미하게 났다. 그 향기에 마치 조건반사처럼 내 가슴이 애달프게 젖어들었다.

"오늘은 고마웠어. 이제 가볼게."

학창 시절에 아르바이트를 했던 이탈리아 레스토랑에서 둘이서 저녁 식사를 했다.

"타키, 옛날에 고등학교 졸업하면 밥 사준다고 했지?"

기억에 없는 의문의 약속 덕에 내가 선배에게 밥을 사게 되었다. 그래도 나는 어딘지 자랑스러운 기분으로 계산을 마쳤다. 선배를 역 개찰구까지 데려다주려고 하는데 선배가 말했다.

"그건 그렇고 우리가 아르바이트하던 가게가 이렇게 맛있는 곳이었구나."

"직원 식사는 급식 같은 것만 나왔잖아요."

"몇 년을 일했는데도 몰랐네."

우리는 웃었다. 선배가 기분 좋게 숨을 깊게 들이마시고 "그럼 또 봐" 하고 말한다. 손을 흔드는 선배의 약지에서 가느다란 물방울 같은 반지가 반짝였다.

"너도 언젠가는 꼭 행복해지길 바랄게."

"나 결혼해" 라고 에스프레소를 마시며 말한 후에 선배는 나에게 그렇게 말했다. 무슨 대답을 해야 할지 몰라서 나는 웅얼웅얼 축하 인사를 건넬 뿐이었다.

나는 딱히 불행하지 않다. 육교 계단을 내려가는 선배의 실루엣을 보면서 나는 그렇게 생각했다. 그래도 행복이 뭔지는 아직 잘 모른다.

문득 손바닥을 바라본다. 부재만이 그곳에 있다.

'아주 조금만 더—.' 나는 또 생각했다.

정신을 차리고 보니 또 계절이 바뀌었다.

유독 태풍이 잦았던 가을이 지나가고 바뀐다는 기척도 없이 차가운 비만 내리는 겨울이 왔다. 먼 옛날, 마치 수다를 떨던 기억처럼 오늘 밤도 빗소리가 조용히 들린다. 크리스마스 조명 장식이 빗방울 가득 맺힌 창문 너머로 반짝거리고 있다.

나는 잡념을 삼키듯 종이컵의 커피를 한 모금 마시고 다시 수첩을 바라본다. 수첩에는 12월이 된 지금도 구직 활동 스케줄이 빼곡히 쓰여 있다.

OB 방문, 설명회, 모집 마감, 필기 일정, 면접 예정. 대형 건설 회사부터 설계 사무소, 시내 공장까지. 내가 봐도 무분별한 리스트에 지긋지긋해하면서 스마트폰의 스케줄러와 수첩의 문자를 비교했다. 내일 이후의 중요한 일정을 정리해서 수첩에 옮겨 적었다.

—역시 결혼 박람회를 한 군데 더 가보고 싶다.

빗소리와 섞이면 모르는 사람의 대화가 왠지 비밀 이야기처럼 들린다. 아까부터 뒤에 앉은 커플이 결혼식을 의논하고 있었다. 그것은 오쿠데라 선배를 연상시켰지만 목소리와 분위기가 전혀 다르다. 어딘지 모를 느릿한 지방 사투리가 섞여 있어서 남녀의 대화에는 소꿉친구 같은 완전히 편안한 분위기가 감돈다. 나도 모르게 두 사람의 대화에 귀를 기울이고 있다.

"또?"

지겹다는 듯, 하지만 목소리에서 배어나오는 애정을 채 숨기지 못하고 남자가 답했다.

"이미 결혼 박람회는 많이 갔잖아. 어디 가든 다 비슷하던데, 뭘."

"아니, 왠지 역시 전통 혼례도 괜찮을 것 같아서."

"너 교회에서 서양식으로 하는 게 꿈이라며."

"평생에 한 번뿐이잖아. 그렇게 금방 정할 수 있는 게 아니라고."

"그래도 정했다고 말했잖아."

남자의 소심한 항의에 나는 쿡 하고 웃고 말았다. 여자는 그 말을 무시한 채 음…… 하고 생각에 잠긴 듯한 소리를 냈다.

"그보다 텟시, 결혼식 때까지 수염 깎아야 돼."

커피를 마시려던 내 손이 멈칫했다.

나도 이유를 알 수 없지만 심장 고동이 멀어지고 있다.

"나도 3kg 뺄 테니까."

"너 케이크 먹으면서 그런 소리가 나오냐?"

"내일부터 진짜 다이어트 할 거야!"

나는 천천히 뒤를 돌아본다.

두 사람은 이미 자리에서 일어나 코트에 팔을 끼고 있었다. 훤칠하게 키가 큰 남자가 까까머리에 털모자를 쓴 옆모습만 언뜻 눈에 들어왔다. 여자는 몸집이 작고 일자 앞머리가 마치 학생처럼 어려 보이는 인상이다. 그대로 두 사람은 등을 돌려서 가게를 나갔다. 나는 왜인지 두 사람의 등에서 시선을 뗄 수 없었다. "고맙습니다" 라고 인사하는 카페 점원의 목소리가 빗소리에 섞여 애매하게 들린다.

가게를 나올 무렵에 비는 눈으로 바뀐 상태였다.

대기에 가득 찬 습기 덕분인지 눈이 흩날리는 거리는 묘하게 따뜻했다. 나는 문득 잘못된 계절에 발을 헛디딘 듯한 불안을 느꼈다. 스쳐 지나가는 한 사람 한 사람에게 무언가 소중한 비밀이 숨겨져 있는 것 같아서 나도 모르게 고개를 돌려 쳐다보게 된다.

그길로 폐관 직전인 구립 도서관에 들어갔다. 천장까지

뻥 뚫린 넓은 공간에 사람이 드문드문 있어서 오히려 바깥보다 공기가 차갑게 느껴진다. 의자에 앉아 책장에서 가져온 책을 펼친다. 「사라진 이토모리 마을 그 모든 기록」이라고 쓰인 사진집이다.

낡은 봉인을 풀듯 나는 한 장 한 장 천천히 넘긴다.

은행나무와 초등학교. 호수를 내려다보는 신사의 가파른 계단. 칠이 벗겨진 도리이. 논밭에 덩그러니 쌓아놓은 재목 같은 작은 건널목. 그저 넓기만 한 주차장. 두 곳이 나란히 이어진 술집. 칙칙한 콘크리트 건물의 고등학교. 낡아서 금이 간 아스팔트 도로. 구불구불 경사를 따라 난 가드레일. 하늘을 비추는 비닐하우스.

그것은 일본 어디에나 있는 평범한 풍경이었다. 그렇기에 그 모든 것이 익숙했다. 돌담의 온도도, 바람의 차가움도 마치 살던 장소처럼 떠올릴 수 있었다.

왜 이렇게도, 나는 생각한다. 그렇게 생각하며 페이지를 넘긴다.

더는 존재하지 않는 마을의 특별할 것 없는 풍경에 왜 이렇게도 가슴이 아파오는 걸까.

○ ○ ○ ○ ○ ○ ○ ○ ○ ○ ○ ○

예전에 무언가를 굳게 결심한 적이 있다.

돌아오는 길에 누군가의 창문에서 새어나오는 빛을 볼 때. 편의점 문을 열기 위해 손을 뻗을 때. 풀린 운동화 끈을 묶을 때. 그런 생각이 문득 떠올랐다.

나는 옛날에 무언가를 정했다. 누군가와 만나서, 아니, 누군가를 만나기 위해 무언가를 정한 것이다.

세수하며 거울을 보면서, 쓰레기장에 쓰레기봉투를 버리면서, 건물 사이로 떠오르는 아침 해에 눈을 가늘게 뜨면서, 나는 그런 생각을 하며 쓴웃음을 지었다.

누구인지, 무엇인지, 결국 아무것도 모르잖아.

면접장의 문을 닫으며, 그래도, 라고 나는 생각했다.

그래도, 나는 지금 발버둥 치고 있다. 과장해서 말하자면 인생에 발버둥 치고 있다. 예전에 내가 결심한 것은 이런 것이 아니었을까. 발버둥 치는 것. 살아가는 것. 숨을 쉬고 걷는 것. 달리는 것. 먹는 것. 맺는 것. 어디에나 있을 법한 마을의 풍경을 보고 눈물을 흘리듯, 어디에나 있을 법하게 살아가는 것.

아주 조금만이라도 괜찮으니까.

나는 생각한다.

아주 조금만 더. 정말 조금만 더.

무엇을 구하는지도 모른 채. 하지만 나는 무언가를 계속 바라고 있다.

아주 조금만 더. 정말 조금만 더.

벚꽃이 피었다 지고, 긴 비가 마을을 씻어 내리고, 흰 구름이 높이 두둥실 떠가고, 잎이 물들고, 얼어붙을 것만 같은 바람이 불어온다. 그리고 또다시 벚꽃이 꽃봉오리를 틔운다.

시간은 빨리 지나간다.

나는 대학을 졸업하고 간신히 들어간 회사에서 일하고 있다. 흔들리는 자동차에 매달려 떨어지지 않으려는 필사적인 마음으로 하루하루를 살고 있다. 아주 조금씩이지만 바라던 곳에 가까워지고 있다는 생각이 들 때도 있다.

아침에 눈을 뜨고 오른손을 가만히 들여다본다. 검지에 작은 물방울이 묻어 있다. 방금 전까지 꿨던 꿈도, 눈꼬리를 한순간 적셨던 눈물도 어느샌가 말라버린 뒤다.

아주 조금만이라도 괜찮으니까—. 나는 그렇게 생각하면

서 침대에서 내려온다.

아주 조금만이라도 괜찮으니까.

나는 그렇게 바라면서 거울을 보고 실매듭을 묶는다. 봄 정장에 소매를 끼운다. 연립주택의 문을 열고 눈앞에 펼쳐지는 도쿄의 풍경을 잠시 바라본다. 역 계단을 올라가 자동개찰구를 지나 붐비는 통근 열차를 탄다. 사람들의 머리 저편으로 보이는 푸른 하늘은 더없이 맑고 푸르다.

나는 전철 문에 기대 바깥을 본다. 빌딩 창도, 자동차도, 육교도 사람들로 넘쳐난다. 백 명이 탄 차량. 천 명을 실어 나르는 열차. 그런 열차 천 개가 달리는 도시. 그 광경을 바라보며 아주 조금만 더 하고 나는 생각한다.

그 순간, 아무런 예고 없이 **나**는 만났다.

갑자기 **나**는 만났다.

차창 유리를 사이에 두고 손이 닿을 정도의 거리로 나란히 달리는 전철 안에 그 사람이 타고 있다. 나를 똑바로 보고 나와 마찬가지로 놀라서 눈을 휘둥그레 뜨고 있다. 그리고 **나**는 계속 품고 있던 소원을 깨닫는다.

고작 1m 앞에 그녀가 있다. 이름도 모르는 사람인데, 그녀라는 사실을 **나**는 알 수 있다. 하지만 서로가 탄 전철은 점점 멀어진다. 그리고 다른 전철이 우리 사이에 파고들어와 그녀의 모습이 보이지 않는다.

나는 내 바람을 겨우 깨달았다.

아주 조금만 더, 함께 있고 싶었다.

정말 조금만 더, 함께 있고 싶다.

나는 정차한 전철에서 뛰어내려 거리를 달리고 있다. 그녀의 모습을 찾고 있다. 그녀도 나를 찾고 있다고, 나는 확신한다.

우리는 예전에 만난 적이 있다. 아니, 그것은 기분 탓인지도 모른다. 꿈같은 착각일지도 모른다. 전생 같은 망상일지도 모른다. 그래도 **나**는, 우리는 조금만 더 함께 있고 싶었던 것이다. 아주 조금만이라도 더, 함께 있고 싶은 것이다.

언덕길을 달려 내려가면서 나는 생각한다. 나는 왜 달리고 있는 거지. 나는 왜 찾고 있는 거지. 그 대답을 아마 나는 알고 있을 것이다. 기억나지는 않지만 내 온몸이 그것을 알고 있다. 좁은 골목길을 돌아가자 길이 갑자기 끊겼다. 계단이다. 그곳까지 걸어간 후 내려다보니 그가 있었다.

달려 올라가고 싶은 마음을 간신히 억누르고 나는 천천히 계단을 오르기 시작한다. 꽃향기 나는 바람이 불어와 입고 있던 정장의 품을 부풀린다. 계단 위에는 그녀가 서 있다. 하지만 그 모습을 똑바로 볼 수 없어서 나는 눈 끝으로 그녀의 실루엣만을 좇는다. 그 실루엣이 계단을 내려오기 시작한다. 그녀의 구두 소리가 봄의 대기 속에 조용히 울려 퍼진다. 내 심장이 갈비뼈 안에서 두방망이질 친다.

우리는 눈을 내리깔고 다가간다. 그는 아무 말도 하지 않는다. 나도 아무 말도 할 수 없다. 그리고 아무 말도 건네지 못한 채 우리는 스쳐 지나간다. 그 순간, 몸 안에서 직접 마음을 움켜쥔 듯 내 온몸에 갑자기 통증이 인다. 이건 말도 안 돼. 나는 강하게 그렇게 생각한다. 우리가 모르는 사이

라니, 말도 안 돼. 우주의 체계라든가, 생명 법칙 같은 것에 위배되는 거야. 그러니까,

그러니까, **나**는 돌아본다. 완전히 같은 속도로 그녀도 돌아본다. 도쿄의 거리를 배경으로 눈을 동그랗게 뜨고 그녀는 계단 위에 서 있다. 그녀의 긴 머리가 저녁놀과 같은 색의 끈으로 묶여 있다는 것을 나는 깨닫는다. 온몸이 희미하게 떨린다.

만났다. 드디어 만났다. 이대로 있으면 울음을 터뜨릴 것 같다고 생각했을 때 *나*는 이미 울고 있다는 것을 깨닫는다. 내 눈물을 보고 그가 웃는다. 울면서 나도 웃는다. 예감이 듬뿍 녹아들어간 봄의 공기를 있는 힘껏 들이마신다.

그리고 **우리**는 동시에 입을 연다.

하나, 둘, 셋 하고 구호를 맞추는 어린아이처럼, ***우리***는 한목소리를 낸다.

—너의 이름은.

○ 작가 후기 ○

사실 처음에는 이 소설을 쓸 생각이 없었다.

이런 말을 하면 독자 여러분께 실례일지도 모르지만 「너의 이름은.」은 애니메이션 영화라는 형태가 가장 잘 어울린다고 생각했기 때문이다.

이 책 「너의 이름은.」은 내가 감독을 맡아 2016년 여름에 일본에서 개봉한 애니메이션 영화의 소설판이다. 즉 영화의 소설판이라 할 수 있는데, 사실 이 후기를 쓰는 지금 영화는 아직 완성되지 않았다. 완성하기까지 앞으로 3개월은 걸릴 것 같다. 소설판이 먼저 세상에 나오게 되는 셈이다. 그래서 영화와 소설 중 어느 쪽이 원작인가를 물으면 애매해진다. 이 책을 쓰는 동안 내 머릿속에서 바뀐 이미지도 있다. 미츠하는 꽤 덜렁거리는 아이였다는 것, 타키는 여자를 대하는 데에 영 서툴다는 것. 영화의 후시 녹음(배우분이나 성우분이 목소리를 연기하는 작업입니다)에도 영향을 줄 것 같다. 이렇게 선물을 주고받듯 영화를 제작하고 소설을 쓰는 것은 나에게는 처음 있는 일이었다. 솔직하게 말하자면 무척 즐거웠다.

소설과 영화는 스토리상으로 큰 차이는 없지만 화자는 조금 다르다. 소설은 타키와 미츠하의 1인칭, 즉 두 사람의 시점만으로 그려진다. 그들이 알지 못하는 것은 말할 수 없다. 한편 영화는 애초에 3인칭, 즉 카메라가 비추는 세계다. 그러므로 타키와 미츠하 이외의 인물도 포함해, 말 그대로 측면에서 이야기하는 장면도 많다. 소설과 영화, 각각의 매력을 충분히 즐겨주기를 바라지만, 이처럼 미디어의 특성상 필연적으로 상호보완적이 되었다.

소설은 혼자서 쓰지만 영화는 수많은 사람의 손길을 거쳐 완성되는 건축물이다. 「너의 이름은.」의 각본은 토호(東

宝)(영화 회사입니다)의 「너의 이름은.」 팀과 몇 개월에 걸친 회의 끝에 완성된 것이다. 프로듀서인 카와무라 겐키(川村元気) 씨의 의견은 언제나 날카롭게 날이 서 있다. 그래서 스스로도 가볍다고 생각하는 나를(중요한 일을 가볍게 이야기하는 사람이라서) 카와무라 씨가 늘 잘 이끌어주었다.

나는 이 소설을 집과 영화 제작 스튜디오에서 각각 절반 정도의 비율로 썼는데 이 소설이 완성될 수 있었던 것은 작화감독인 안도 마사시(安藤雅司) 씨 덕분이라고 생각한다. 안도 씨와 딱히 소설 이야기를 하지는 않았지만, 영화 본편을 안도 씨가 진심을 다해 헌신적으로 작업해준 덕분에 나는 애니메이션 영화 제작이라는 아수라장 같은 현장에서도 안심하고 소설을 쓸 시간을 낼 수 있었다.

그리고 영화 음악을 담당해준 RADWIMPS의 음악을 빼놓을 수 없다. 물론 소설에는 배경 음악은 흐르지 않지만, 이 소설은 RADWIMPS의 가사 세계에서 큰 영향을 받았다. 영화 「너의 이름은.」에서는 음악의 역할이 매우 큰데, 그것이 영화와 소설에서 각각 어떻게 연출되는지 확인해주셨으면 한다(그러기 위해서는 영화도 꼭 봐야겠네요. 꼭 보세요!).

맨 처음에 이 이야기는 '애니메이션 영화라는 형태가 가장 잘 어울린다'고 썼는데, 그것은 영화가 앞서 말한 수많은 분들의 재능이 모여 맺어진 화려한 결정체이기 때문이다. 영화는 개인의 능력을 훨씬 넘어선 곳에 있다.

그래도 나는 결국 이 소설을 썼다.

어느 순간부터 쓰고 싶다는 생각이 들었다.

그 이유는 어딘가에 타키나 미츠하와 같은 소년소녀가 있을 것 같은 생각이 들어서다. 이 이야기는 물론 판타지지만 그래도 어딘가에 그들과 비슷한 경험과 추억을 간직한 사람이 있을 것 같아서다. 소중한 사람이나 장소를 잃고 말았지만 발버둥 치자고 결심한 사람. 아직 만나지 못한 무엇인가에, 언젠가 반드시 만날 것이라 믿으며 계속 손을 뻗는 사람. 그리고 그런 마음은 영화의 화려함과는 다른 절실함으로 그려져야 한다고 느꼈기에 나는 이 책을 썼다.

이 책을 선택해주셔서, 그리고 읽어주셔서 정말 고맙습니다.

2016년 3월

신카이 마코토

○ 해설 ○

카와무라 겐키(영화감독·소설가)

"해설을 부탁합니다."

코믹스 웨이브 필름의 회의실에서 신카이 마코토가 말했다.

갑작스러운 요청에 나는 당황해서, '해설'은 제3자가 객관적으로 쓰는 것이라고 대답했다.

나는 영화 「너의 이름은.」의 프로듀서이므로 그런 객관적인 시점을 가질 수 없다.

그럼에도 신카이 마코토는 물러서지 않았다. 꼭 좀 부탁드린다며 압박했다.

그로부터 몇 개월이 지나 소설을 읽었다. 훌륭한 작품이었다.

그리고 신카이 마코토가 내게 해설을 부탁한 이유를 알 것 같았다.

그는 '해설'해주길 바란 것이 아니었다. 그저 이 소설이 탄생한 경위를 관계자가 '폭로'해주길 바란 것이라고 나는 이해했다.

2년 전, 신카이 마코토와 장편 영화를 만들기로 했다.

그날 밤 나는 신카이 마코토와 유라쿠초(有楽町)의 철교 아래에 있는 값싼 선술집에서 술을 마셨다.

나는 하이볼을, 그는 생맥주를 한 손에 들고 이야기를 나누었다.

「별의 목소리(ほしのこえ)」「구름의 저편, 약속의 장소(雲のむこう, 約束の場所)」「초속 5센티미터(秒速 5センチメートル)」.

신카이 마코토는 그의 아름답고 장대한 작품 세계 속에서 엇갈리는 남녀의 러브 스토리를 그려왔다. 최신작은 '신카이 마코토의 최고작'으로 만들어달라고 나는 부탁했다.

신카이 마코토를 아직 모르는 사람들이 그의 세계를 접하고 놀라기를 바랐다(내가 14년 전에 「별의 목소리」를 보고 충격을 받았듯이). 그리고 신카이 마코토의 작품을 계속 보아온 사람들은 신카이 마코토가 지닌 재능이 무엇을 일구어냈는지를 다시금 목격해주길 바랐다.

그리고 신작은 한없이 음악적이길 바란다고 나는 말했다(신카이 마코토의 작품은 언제나 훌륭한 음악과 함께였다). 신카이 마코토에게 좋아하는 뮤지션이 있느냐고 물었다. 그러자 한 밴드 이름을 댔다. 예전부터 친하게 지내는 그 밴드의 리더에게 나는 취기에 문자를 보냈다.

'너의 전전전세부터 나는 너를 찾기 시작했어.'

그로부터 반년 후, RADWIMPS의 노다 요지로(野田洋次郎)에게서 주제가인 〈전전전세(前前前世)〉의 데모가 도착했다. RADWIMPS로서도 획기적이라 할 수 있는 훌륭한 곡이었다.

"너무 흥분해서 소나기 맞으면서 흠뻑 젖은 채 듣고 있어요."

신카이 마코토에게서 온 라인 메시지를 보고 왠지 눈물이 날 것 같았다.

만남이 넘쳐나는 이 세상에서 운명의 상대를 만나는 것

은 어렵다. 가령 만났다 해도 그가 운명의 상대인지 누가 증명해준단 말인가.

엇갈리는 두 사람의 이야기를 무한히 큰 세계에서 그리는 신카이 마코토와 노다 요지로.

두 사람은 운명적으로 이끌리듯 만났고 기적적인 컬래버레이션이 탄생했다(계기는 기찻길 아래의 선술집이었지만).

신카이 마코토가 그린 이야기나 대본을 노다 요지로가 음악으로 넓혔고 그것이 합쳐져 이 소설이 되었다. 그리고 소설이 쓰임으로써 완성이 임박한 영화가 더욱 풍성해졌다. 이렇게 행복한 영화 제작이 있을까.

"이번에 소설은 안 씁니다."

그렇게 선언한 신카이 마코토가 노다 요지로의 음악으로 인해 소설을 쓰게 되었다.

소설에서는 음악을 틀 수 없다. 하지만 소설에서 RADWIMPS의 음악이 들려온다.

이 소설은 운명적인 만남이 일궈낸 귀중한 작품이다.

2012년, 나는「세상에서 고양이가 사라진다면(世界から猫が消えたなら)」이라는 소설을 썼다.

그곳에서 나는 죽어가는 우편배달부의 모습을 그렸다.

분명 죽음을 그리고 있었는데 어느샌가 기억에 관한 이야기가 되었다.

인간에게 가장 잔혹한 일은 무엇일까? 당연히 죽음이다. 줄곧 그렇게 생각했다.

하지만 죽음보다 잔혹한 것이 있다.

바로 살면서 사랑하는 사람을 잊어가는 것이다.

인간의 기억은 어디에 깃드는 것일까.

뇌의 시냅스 배선 패턴 그 자체일까. 안구나 손가락에도 기억이 있는 것일까. 아니면 안개처럼 형태가 없는, 보이지 않는 정신의 덩어리가 어딘가에 있어서 그것이 기억을 간직하는 것일까. 마음이라든가 정신이라든가 혼이라고 불리는 것들. OS가 들어간 메모리카드처럼 그것은 빼낼 수 있는 것일까.

이 책에서 타키는 자문한다.

인간은 신기한 생물이다. 소중한 것을 잊고 아무래도 좋을 것만 기억한다. 메모리카드처럼 필요한 것은 남기고 불

필요한 것만 지울 수는 없다. 왜일까. 그 이유를 줄곧 생각했다.

하지만 이 소설을 읽고 조금 알게 된 것 같다.

사람은 소중한 것을 잊어간다.

하지만 그것을 거역하기 위해 발버둥 치며 삶을 살아 나간다.

잔혹한 이 세상에서 '아름답게, 발버둥 치는' 남녀의 러브 스토리를 그린 영화 「너의 이름은.」이 곧 완성된다. 틀림없이 '신카이 마코토의 최고작', 아니, 바꿔 말하겠다. '신카이 마코토의 최고 걸작'이 탄생할 것이다.

지금 나는 이 소설을 읽은 독자와 같은 기분으로 이 영화를 만날 날을 진심으로 기대하고 있다.

너의 이름은。 ***your name.***

2017년 1월 17일 1판 1쇄 발행 | 2023년 3월 21일 1판 22쇄 발행

지은이 신카이 마코토 | 옮긴이 박미정 | 발행인 황민호
콘텐츠4사업본부장 박정훈 | 디자인 All design group
편집기획 김순란 강경양 한지은 김사라 | 마케팅 조안나 이유진 이나경
국제판권 이주은 김준혜 | 제작 심상운 최택순
발행처 대원씨아이(주) | 주소 서울특별시 용산구 한강대로 15길 9-12
전화 (02)2071-2018 | 팩스 (02)797-1023 | 등록 제3-563호 | 등록일자 1992년5월11일

www.dwci.co.kr

ISBN 979-11-334-4005-4(03830)